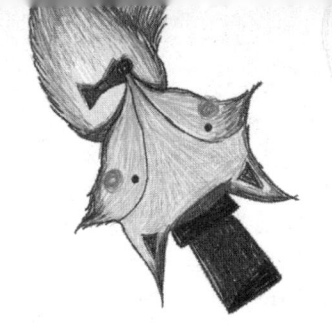

★ 西顿野生动物小说全集 ★

［加拿大］欧·汤·西顿 著　庞海丽 译

银狐托米

图书在版编目（CIP）数据

银狐托米 /（加）西顿著；庞海丽译 . -- 长春：吉林出版集团股份有限公司，2015.7（2021.5重印）（西顿野生动物小说全集）
ISBN 978-7-5534-7918-7

Ⅰ . ①银… Ⅱ . ①西… ②庞… Ⅲ . ①儿童文学—短篇小说—小说集—加拿大—现代 Ⅳ . ① I711.84

中国版本图书馆 CIP 数据核字 (2015) 第 142911 号

西顿野生动物小说全集
银狐托米

著　　者 /[加] 欧·汤·西顿
译　　者 / 庞海丽
出 版 人 / 齐　郁
选题策划 / 朱万军
责任编辑 / 孙　婷　　田　璐
封面设计 / 西木 Simo
封面插画 / 西木 Simo
版式设计 / 炎黄艺术
内文插画 / 莫蝉瑜
出　　版 / 吉林出版集团股份有限公司
发　　行 / 吉林出版集团青少年书刊发行有限公司
地　　址 / 吉林省长春市福祉大路 5788 号
邮政编码 / 130021
电　　话 / 0431-81629800
印　　刷 / 天津海德伟业印务有限公司
版　　次 / 2015 年 7 月第 1 版
印　　次 / 2021 年 5 月第 5 次印刷
开　　本 / 880mm × 1230mm　1/32
印　　张 / 5.25
字　　数 / 75 千字
书　　号 / ISBN 978-7-5534-7918-7
定　　价 / 32.00 元

版权所有　　侵权必究

目　录

银狐托米 / 001

白驯鹿的传说 / 077

留守的公雁 / 112

远古的记忆 / 123

想去墨西哥湾的留鸟 / 152

银狐托米

一

在小山丘的上面有一片茂密的松林，松林的深处有一个狐狸的洞穴。松林的前面有一小块空地，周围开满了各种各样美丽的野花。夕阳慢慢地落到了远处的山后，余晖越过山丘照射在这片空地上，一群吃饱了的狐狸崽就在花丛中蹿来跳去地玩耍嬉戏着，太阳落山的时候是它们一天当中最快乐的时光。

站立在一旁守护它们的是一只大狐狸，它就是这些狐狸崽的母亲。阳光照在狐狸母子身上，它们细软油亮的皮毛显得格外耀眼。

小狐狸一共有七只，个个都很健壮机灵。它们蹦蹦跳跳地玩着，时而滚在一起，时而相互追逐。有的追苍蝇玩，有的追逐蜜蜂嗅嗅气味，有的追逐野鸭遗留在地上的羽毛……在这七只小狐狸当中，有一只黑色的小狐狸身体显得格外结实。它两只眼睛上的花纹像是缠绕在一起的黄色带子，它的速度特别快，野鸭的翅膀羽毛一旦被它碰到，其他小狐狸就别想再追上。只有等它玩够了，把野鸭的羽毛丢在一边时，其他小狐狸才能玩撕扯鸭毛的游戏。

而这个时候，它也许又开始叼着妈妈的尾巴玩耍了。它使劲一拽，它的妈妈往往会被这突然的一拽吓一跳。当然了，在这种情况下，狐狸妈妈就会甩动尾巴，并且扬起来，让它没有办法下嘴。而它这时也许又已经顽皮地仰着脸在地上翻起滚儿来了。

狐狸爸爸嘴里叼着香鼠，在小家伙们玩得正欢的时候出现在了空地边。突然看到有一只大狐狸出现,狐狸妈妈先是一愣,小家伙们也吓了一跳。等它们镇定下来时,不禁又高兴起来,原来是自己的爸爸回来啦!狐狸爸爸把刚咬死的香鼠放下,狐狸妈妈马上就跑了过来,把香鼠叼了过去。

香鼠被狐狸妈妈叼到小狐狸们的身边,刚一放下,小家伙们就像一群恶狼一样向躺在地上一动也不动的香鼠扑来。它们晃着小脑袋使劲地撕扯着香鼠的身体,使劲地咬着香鼠身上的肉,空地上顿时乱作一团。

放下香鼠后,转眼之间,狐狸爸爸就又消失在了松林之中。狐狸妈妈继续用充满爱意和关切的眼神守护着这群小家伙,并不时警惕地看看四周的动静。

小家伙们玩够了,也吃饱了。远处传来了一阵"呜——噜——嗷"的叫声。

狐狸妈妈知道要出什么事了,便立刻带领这群小家伙回家。

这是狐狸爸爸的叫声,它是在向自己的家人发信号,意思是:"敌人来了!要小心!"小家伙们还不明白爸爸叫声里面的含义,它们个个嘴里都叼着还没有吃完的香鼠肉。

这一带有许多敌人都在注意着这群狐狸崽,有手持猎枪的男人,有狗和老牛,还有长尾林鸮。这些敌人时刻都威胁着小家伙们的生命,所以,狐狸父母丝毫不敢掉以轻心,时刻不停地察看周围是不是有危险。

此刻,远处一棵树的树杈上,正坐着一位名叫阿布的少年,他兴趣十足地观看着狐狸一家。他本来是为了找乌鸦窝才爬到树上的,但在树上却无意中看到了狐狸一家在夕阳下快乐玩耍的情景。于是他屏住呼吸悄悄地看着,看得入了迷。

这一带虽然有很多狐狸,但是因为狐狸是非常机警的动物,所以人类能够看到它们玩耍的概率只有十万分之一,而少年阿布恰恰就是十万人中幸运的那一个。

在这些小狐狸中,阿布最喜欢那只纯黑色的、十分健壮机灵的小家伙。看着它站在空地上那骄傲得意、神气活现的样子,阿布不禁兴奋地笑出声来。

可是正看在兴头上,突然,这群小狐狸就都随着大狐狸钻入松林,逃回洞穴去了。

二

为什么狐狸们逃开了呢？阿布也不知道出了什么事，正在迷惑失望的时候，耳边就传来了"汪、汪、汪"的猛烈的狗叫声。

"讨厌，大笨狗怎么来了呢！"

听到狗叫声，树上的阿布不高兴地嘟囔道。

跑过来的狗看上去虽然还未成年，但是体格却非常强壮，嗓门儿也特别大，这正是阿布的大笨狗。一到冬天，当阿布要出去狩猎时，他就会带上这只为狩猎而养的猎犬。本来，狗是拴在家里的，没料到今天这只狗竟然从阿布家里跑了出来。很明显它挣脱了绳索，在后边一路追踪着阿布，一直追到了松林的山坡上。

"汪、汪、汪！"

狗凶猛的叫声渐渐逼近了阿布，也逼近了狐狸一家。

狐狸妈妈带着小狐狸们逃回洞里，把孩子们安顿好以后，它马上又跑到洞穴外边。狐狸妈妈是想让那只猎犬发现自己,用自己做诱饵把猎犬引开,引到远离小狐狸们的地方。

狗的狂叫声使狐狸妈妈的心"扑通扑通"地跳着,紧张得好像心脏提到了嗓子眼。

狐狸妈妈甚至有点儿不寒而栗!不过,要对付这只未成年的狗,狐狸妈妈倒还是十分有信心的,自己要逃命并不是很困难的事儿,只是它现在必须把孩子们从危险的境地当中解脱出来。而要解救孩子们,就必须把狗给引开。

狐狸妈妈想到这里,就迅速地蹿到狗的前面,然后迅速地改变方向跑开了。

"汪、汪、汪!"

上了当的猎犬立刻跟着狐狸妈妈追了出去。

显然,这只年轻的猎犬还没有什么同狐狸周旋的经验,狐狸妈妈像风一样地向前飞奔,只是简单地耍了几个花招儿,就把猎犬从小狐狸们的藏身之处引开了。接着,在跑了一两千米后,它又迂回曲折地走难走的路,这样就把自己的足迹掩盖了起来,让猎犬难以发现。

果然,后边追赶上来的猎犬,越跑越慢,终于找不到狐狸的逃跑痕迹了，猎犬失去了追赶的方向，完全发蒙，不知下一步该怎么办。

就在猎犬不知道该向哪个方向去的时候，狐狸妈妈已经回到小狐狸们藏身的洞穴了。孩子们都安然无恙，但是与以前不同的是，每次都会兴奋地跑出来迎接妈妈的那只黑色的小家伙，狐狸妈妈却没有在洞口发现它的身影。

原来它被刚才那只狗的狂吠给吓坏了，趴在洞穴的最里边，鼻尖藏在两只前爪里，一动不动，似乎连大气都不敢喘一下，甚至都不敢抬头看一看。

不论是人类，还是动物，在一生之中都会听到各种声音，有一些声音能造成心理上的阴影。今天狗的狂吠声，就几乎把小狐狸的神经彻底摧毁了。这些小狐狸崽从出生到现在，都觉得妈妈是世界上最了不起的，只要妈妈在身边，它们就有所依赖，就什么也不害怕。但是今天，猎犬那可怕的狂吠使它们毛骨悚然，就算是躲到了洞穴里，也还会被吓得缩成一团，连大气也不敢出。

恐惧，这对于出生以来一直生活在充满爱、关怀还有和平当中的小家伙们来说，简直是无法想象的。

它们真的吓坏了,从听到猎犬狂吠的那天开始,小家伙们就每天都生活在担惊受怕之中了。

三

小狐狸们真的是吓坏了,不过它们也会慢慢地减轻这种恐惧,好好地活下去。

松林附近的小山村仍然在平静的生活中上演着不同的故事。

比如,最近,布顿叔叔家里的鸡就总是失踪。

这一天,布顿家的两兄弟正走在山丘上,忽然听到了一阵狗叫。叫声是从山谷里传过来的,兄弟俩赶忙跑到山谷一看,原来是阿布的那只大笨狗正在追赶一只狐狸。

这只狐狸正是狐狸妈妈。不一会儿,狐狸妈妈的小小花招儿就把大笨狗给欺骗了,然后狐狸妈妈也躲藏了起来,剩下那只大笨狗在四下兜着圈子,使劲地抽动着鼻子,却一直找不到狐狸妈妈的踪迹。

"这只狗看来又要扑空了！"

两兄弟就笑着看这只狗毫无目标地绕着圈子。过了一会儿，兄弟俩向山谷另一边眺望的时候，发现了刚才失去踪影的那只狐狸，那狐狸嘴里正叼着一个白色的东西。

"那不是我们家的鸡吗？"

兄弟俩不约而同地惊叫起来。

是啊，狐狸妈妈嘴里叼着的正是布顿叔叔家里像宝贝一样对待的白鸡。

虽然痛恨这偷鸡的家伙，但是兄弟俩并没有马上行动，他们还想仔细看看这偷鸡贼到底要跑到哪里去。

眼看着狐狸叼着鸡钻到了草丛里，接着，他们又看到狐狸钻进了草丛中的洞穴。

在狐狸钻入洞穴的那一瞬间，小狐狸们已经从洞里一个接一个地跑到了洞口，"好啊！那里有一窝狐狸呢，走，看看去！"

狐狸洞口，白鸡的鸡毛散落了一地。

兄弟俩手里拿着粗粗的木棍，向狐狸洞走去。

两个人把粗木棍插进了洞穴。可是曲曲折折的狐狸洞穴使得木棍无法伸到小狐狸躲藏的洞穴深处。但是，洞穴里的小狐狸们早已经被洞口传来的可怕的声音吓得浑身发抖了。

狐狸妈妈这个时候也急得团团转，它悄悄地跑到离洞穴稍远一些的地方，可布顿家的兄弟俩可不是大笨狗，不会上它的当的。狐狸妈妈想尽了一切办法来救助自己的孩子，但是洞穴被人发现，这可是最糟糕的事情了。

洞穴里的小狐狸们，是多么盼望它们的爸爸妈妈快点儿来救自己啊，可是它们的父母却一个也没有来。

兄弟俩的木棍在洞穴里乱捅，洞穴的入口已经变得一片漆黑，黑暗的洞穴中回响着让小狐狸们恐惧的狗叫声和木棍撞击洞壁的声音。

感受过恐惧的小狐狸们直到这时才知道世界上还有比猎犬更加可怕的敌人。

布顿家的两兄弟费尽了脑筋，还是无法把木棍伸到狐狸洞穴的深处，于是他们决定回家，等明天带齐挖掘的工具再来捉狐狸。狐狸妈妈在两兄弟刚离开洞穴后就立刻去寻找新洞穴了，它是想重新安顿吓坏了的小家伙们。当第二天清晨天刚蒙蒙亮，狐狸妈妈就开始了搬运工作，它要将自己的孩子安全地转移到新的洞穴中去。

第一个被搬运的是那只最健壮的小黑狐狸，第二个被搬运的是女儿当中最健壮的，第三个搬运剩下的狐狸中健壮的——直到现在，狐狸的这个习性也没有改变。

在自然界中，生存就是这样，要保证自己的种族能够繁衍下去，狐狸的父母一般都在紧要的关头，首先转移最健壮的孩子。

在转移的过程中，狐狸爸爸在附近的山丘上四处走动并巡视着，它在认真观察周围的动静。

"呜噜噜噜、噜、噜——"

太阳升起来的时候，狐狸爸爸发现有敌人来了，于是它便大声叫了起来，而这个时候，狐狸妈妈正在搬运第三个孩子。

来的正是布顿叔叔家的两兄弟。他们拿着铁锹和铁镐直奔昨天发现的那个狐狸洞穴。到了洞口，他俩二话不说就开始动手挖了起来。挖到一米左右的时候，就碰到了一块大岩石，怎么也挖不下去了。

"这可怎么办呢？"

两个人正商量着,从远处突然传来了"轰"的一声巨响,那是采石场用炸药爆破岩石的声音。

这声巨响也提醒了两兄弟。

"对了,咱们就用炸药把这块岩石给炸开得了!"

兄弟俩一个留下守住洞口,一个回家去拿炸药。不一会儿,炸药拿来了,他们两人把炸药放进了岩石缝隙里,然后把引线牵到远处。这两个人则躲藏起来,并在藏起来之前点燃了引线。

一阵震耳欲聋的声音响起,周围的沙丘被震得咔咔直响。

硝烟散去之后,两个人到洞口一看,洞口被炸药炸碎的岩石堵得严严实实,里边的狐狸想出来也是不可能的了,它们必死无疑。于是,兄弟俩也不再继续挖洞,就直接回家了。

到了夜晚,狐狸父母来到洞口,拼命把炸碎的岩石块儿往外扒,想把堵死的洞穴刨开,找回还没来得及转移的孩子们。

夫妻俩拼命地用爪子刨地,但是不论怎么刨,也没能把堵在洞口的石块儿刨开。

第二天夜里，不死心的狐狸父母又继续刨洞，可是仍旧无济于事。

到了第三天夜里，狐狸妈妈单独来到了洞口，但是它的努力也失败了。最后，狐狸父母彻底放弃了拯救被埋在洞穴里的孩子们的希望。

幸存的小狐狸们的新家，没有建在山丘上，而是建在了河边，洞穴入口处也有一块巨大的岩石，因为岩石的巨大，即便是有敌人来，也无法挖出和捣毁这个藏在岩石后面的洞穴。

小狐狸们的成长速度惊人，尤其是那只小黑狐狸。很短的时间里，它身上皮毛的颜色就全都变成了黑色，甚至连眼睛周围的毛也是黑色的了，而且毛色还油亮油亮的。

如何狩猎，这是小狐狸们在成长过程中必须上的课。它们已经长大了，所以狐狸父母便开始训练它们了。现在就算是它们捕到了猎物，也不像以前那样送到洞口，而是把猎物放到离洞口一百米远的树林里，让孩子们自己去找。

狐狸父母就是通过这种方式来锻炼孩子们基本的狩

猎能力。

在三个小狐狸当中，谁的力气最大、奔跑速度最快，谁就能最先找到猎物再把它吃掉，这样，这个小家伙才能尽快长大，身体结实，性情凶猛。狐狸父母的猎物很多，所以这三个小家伙得到了充分的锻炼。不过，它们当中，还是那只黑色的小狐狸最勇猛强悍，长得也最快。

四

在小狐狸们的成长过程中，曾经让它们恐惧的那只大笨狗后来又到过山谷里几次。每次听到那只大笨狗的叫声，小狐狸们还是会吓得马上趴在地上一动也不敢动，每当这个时候，狐狸父母都会勇敢地冲出去，把那只狗给引开。

狐狸父母在河边绕着山丘和狗兜圈子，只需要简单地玩几个小花招儿，就能成功地摆脱那只狗的追踪。因为一靠近河边，狐狸足迹的气味就会立刻消失。

那只大笨狗就这样一直被狐狸一家当笨蛋来捉弄。

慢慢地，这只笨狗也长大了。

有一天，小狐狸们刚好从林间的空地上找出了父亲捕回来的猎物，正高兴得乱蹦乱跳呢，"汪！汪！汪！"这只狗冷不防地出现了，还不停地叫。小狐狸们一下子被吓个半死，赶紧四下里逃窜。三只小狐狸中最小的那个被吓蒙了，居然忘了逃跑，一下子就被狗给捉到了。一转眼的工夫，这只可怜的小狐狸就被狗咬碎了肋骨，瞬间一命呜呼。

大笨狗总算赢了一次，它摆出胜利者的骄傲姿态，叼着那只已经被咬死的小狐狸离开了。一路上，它还停下来一两回，撕扯着那只小狐狸柔嫩的皮毛，啃咬着它那娇嫩的骨头。

真是福无双至，祸不单行啊！就在那只小狐狸被狗咬死后的第二天早晨，狐狸爸爸叼着刚捕到的一只野鸭准备回家的时候，遭到了一群狗的围攻。

狐狸爸爸赶紧逃，它向两边都有高高围墙的那条道路逃去，围墙很高，叼着野鸭根本就跳不过去，于是，它又顺着墙根往前跑，很快，它就看到前边围墙上有一个窟窿，它顾不得仔细察看，匆忙钻了进去。

狐狸爸爸刚钻了进去，身边立刻就响起了一阵狗的怒吼声。没想到狐狸爸爸闯进去的是一户人家的庭院，现在的叫声不是来自刚才追赶它的那些狗，而是这家看家护院的狗发出来的。

　　狐狸爸爸现在腹背受敌，见势不妙，它丢下野鸭就想逃走，可是，就在这一瞬间，不幸还是发生了，狐狸爸爸被这些看家护院的狗给追上咬死了。

　　那边山谷里的狐狸一家现在还不知情呢，小狐狸们还在耐心地等待着父亲回家给它们带猎物吃呢。它们哪里知道自己的爸爸会死得这样惨呢！小狐狸们要是知道爸爸是被一群狗给活活地咬死的，该有多伤心啊！为了养育全家，狐狸爸爸四处捕猎，为了保护家人，狐狸爸爸不惜挺身而出，拿自己当诱饵，最后还是被一群狗给咬死了。

　　从此以后，在山谷里的这个狐狸洞穴中，就剩下狐狸妈妈和两只小狐狸了。

　　不知不觉间已经到了九月，长大了的这两只小狐狸，已经可以自己出去捕猎了。狐狸妈妈终于轻松了许多。

现在,狐狸妹妹已经长到和妈妈一般大了,狐狸哥哥,也就是那只黑狐狸,长得更加高大、魁梧,身上的皮毛也变得更黑了,眼睛周围的毛也是乌黑乌黑的。这只黑狐狸就是我们故事的主人公——托米。

托米在山野间奔跑起来就像风一样,它现在已经完全可以独自狩猎了。狐狸妈妈和狐狸妹妹突然觉得,托米已经长大了,应该离开它们独立生活了。托米当然也有这种感觉。

很快,托米就与妈妈和妹妹告别了,它独自走出了家门,从此开始独自闯荡世界了。

刚开始,托米对自己独自在大自然里生存还颇有几分自信。可是离开家人没几天,它的自信就几乎完全丧失了。

速度是托米最引以为豪的资本。可是有一次,当两只狗从后面追来时,为了逃命,托米跑到了遍布岩石的山丘,结果还崴了脚。

一个炎热的夏天,托米朝河边快速地跑去,它想到河水中泡一下脚,因为刚才奔跑的时间长了,脚都热得发烫。一到河边,托米立刻跳进了河边的浅水里,把脚完全泡了进去。那感觉，真是要多凉快有多凉快，要多舒服有多舒服。

托米把全身都泡在了水里，只露出头来，向上游游去，可是刚游了没多会儿，身后就出现了狗的身影。托米赶紧钻进了河中一片茂密的草丛里。它屏住呼吸，偷偷地注视着狗的一举一动。可是令它迷惑不解的是，那些从后边追上来的狗，并没有到草丛这边来，只在自己刚才藏身的水边转了两圈就离开了。

那时候，托米还不知道河水能够把自己足迹上的气味除掉。经过几次这样的历险之后，托米这才牢牢地记住了这个躲避追踪的要诀。

到了冬天，当河面上刚刚结上一层薄冰时，托米就会跑到冰面上，把狗给引过来，显然，河面上薄薄的冰根本无法承受狗那笨重的身体，跑着跑着，冰面就会断裂，狗就会掉进冰冷的河水中。这种方法自然成为托米在冬天的脱身术。

通往悬崖上的路先是很宽，但越到悬崖尖，路就会变得越窄，窄得只能勉勉强强容得下托米这样细小的身体通过。狗要是追上来，就会被悬崖给困住，变得进退两难，而把身子紧贴在耸立的悬崖边。这也是托米在敌人追赶时一种重要的逃生术。

对于托米来说，河水不只是它在危险时的避难所，还是寻找食物的一个好地方。当肚子饿了时，托米在河边总能找到吃的东西，比如被河水冲上岸的鱼和青蛙等。

漫长寒冷的冬季到了，托米身上的皮毛的颜色也发生了很大的变化，毛色越发闪亮有光泽。原来残留的一点点红色、灰色的毛皮光泽不见了，全都变成了黑夜般美丽的黑色，像缎子一样闪着光，发着亮。

其实，托米的父母都是红毛狐狸，托米则是红毛狐狸的黑色变种。

红毛狐狸可以生出黑色的小狐狸，这种说法是有据可查的。那些生活在北方森林中的猎人们都知道：父母都是红色狐狸，要想生出黑狐狸，这样的概率很小，更不要说纯黑色的狐狸了。当然了，这种狐狸也很少被人碰到。因为这种狐狸异常机敏，即使人们真的发现了它的踪迹，也很难捉到它。

黑狐狸奔跑速度极快，耐力特别强；它们头脑聪明，生性狡猾，用对付一般狐狸的办法根本就奈何不了它。

大自然似乎特别偏爱黑狐狸，赐予了它们超乎寻常的能力，甚至连皮毛的颜色也是大自然的恩赐。你要是留心就会发现，托米身上的那种黑色，其实并不是纯黑色，过不了多久，那些黑色的毛尖就会渐渐变白，在阳光的照耀下，浑身上下都闪耀着银色的光芒。因此，我们以后就不再把托米叫作"黑狐"了，而叫它"银狐"了。

五

对人类来说，银狐的身价向来很高。

因为与其他狐狸的皮毛相比，银狐的皮毛更显珍贵。其中有三个原因：第一，银狐数量极少；第二，像银狐这种聪明级别的狐狸也极为罕见；第三，银狐的毛色漂亮得无与伦比。

钻石是一种价格极其昂贵的宝石。即使是相同的钻石，光泽度不同，价值也不尽相同；银狐就像钻石一样，也有等级之分和价值高低之分。根据银狐皮毛的等级，每张银狐皮价格都会有所不同。当然啦，银狐皮价格的高低还要视皮毛的完整程度而定。

进入深秋，当夜晚路面持续结霜的时候，托米那身黑色的毛就变得异常醒目。到了晚上，托米黑色身体上的银色毛梢就像夜空中闪烁的星星一样，显得非常耀眼，在这个深秋的季节里，托米已经由一只黑狐蜕变成了一只银狐，而银狐的传说也随之在当地流传开来。同时，阿布那只大笨狗库拉追踪银狐的故事也被流传开来。

熟悉库拉的人显然根本就不相信它能够追踪银狐，人们都觉得，像库拉那种智商，怎么可能追得到银狐呢？尽管质疑之声不断，还是有些人想用库拉来诱捕银狐。

"不管怎样，先用库拉把银狐引出来吧，然后大家再想办法进行猎捕，不就容易多了吗？"

这时候的库拉早已不再是过去年少时那种蠢笨的样子了，现在的它已经变成了一只凶恶的猎犬。它狂吠的声音就充分地证明了这一点。叫声里带着刺耳的颤音，即使是人，只要听过它的狂吠，都会不寒而栗，再也不会忘记它的声音。

一个深秋的傍晚，我正一个人在山脚下溜达。远处突然传来一阵狗叫声，正是库拉那令人生厌而恐怖的狂吠声。它没完没了地叫着，说明它盯上了什么猎物。

我于是蹲下身来侧耳聆听。

没过多久，附近就传来了树叶落地的"嚓嚓"声。

很快，一只纯黑的狐狸跑了过来，跑到距离我大约五十米的地方，它看见我蹲在那里，于是便停了下来，把两只前爪搭在了原木上，并用两只后爪一个劲儿地蹬地。见此情形，我灵机一动，把手掌心放到嘴边使劲地吮吸着，模仿狐狸发出"啾、啾"的声音。

声音刚一发出，那只狐狸立刻就转过头来，滑行般地向我这边飞奔过来，到距离我大约有二十米远时，它再次停了下来。

看着眼前的这只狐狸，我不禁暗自赞叹。这只狐狸浑身上下都是黑色的皮毛，白色的发梢闪闪发亮，真是太漂亮了，它奔跑的姿态更是美妙绝伦。

哎呀，自然界怎么会有这么漂亮的狐狸！看着它，我恍然大悟："它一定就是人们所传说的那只银狐！"

我目不转睛地盯着面前这只银狐。

它似乎已经感觉到那只狗就要追上来了，打算立刻逃走。于是，我再次模仿起狐狸"啾、啾"的叫声，它猛地抬起头，向我凝视了片刻，随即转身，快如闪电般逃开了。

银狐逃走之后，猎犬库拉很快就追了过来，它疯狂地吼叫着，把地上的草踏得"哗啦啦"乱响，它拖着沉重的身体"呱嗒、呱嗒"地跑着，与刚才那只狐狸的优美身姿形成了强烈的对比。

现在的库拉一门心思都在银狐身上，似乎除了对银狐感兴趣外，其他什么东西都提不起它的兴趣。它两眼充血，鼻孔冒着粗气，狂吼个不停，眼皮一路上都没抬一下，它紧盯着银狐那弯弯曲曲的足印，不停地嗅着银狐的气味，一路狂追。

这只疯狂执着的大笨狗，着实令人害怕。

我模仿老鼠的叫声想吸引库拉的注意，可是，库拉根本就不理会，现在，它满脑子就只有一个念头，那就是追杀银狐。

如果银狐真的被库拉追上了，其结果可想而知！看库拉脖子上毛发倒竖的样子，我甚至都可以想象它撕咬银狐时的那种狠劲儿。

六

我曾经也是一名猎手,因此,一直都将猎犬视为人类忠诚可爱的好帮手。可是,当我目睹了银狐和库拉这两只动物之后,很快就颠覆了我以往的是非观,漂亮机敏的银狐立刻就赢得了我的好感,而追杀它的猎犬突然变得令人生厌了。

冬天一到,没有什么农活可做了,农场里的年轻人一下子闲了下来,变得无所事事,于是就组织起来开始捕猎狐狸。对于托米这样一只很有名气的狐狸,这些年轻的猎人自然更不会放过啦。但机敏的托米可不是那么容易就中招的,在对付恶犬库拉以及和人类的周旋中,托米已经学会了许多脱身术,掌握了各种各样的生存本领。

冬天刚到之时,托米每天都过得相当单调乏味。白天,它都是用睡觉来打发时间的。它会找个没有树木,没有草丛的地方蜷成一团,用蓬松的尾巴盖住头,然后将整个身子都埋在尾巴里睡觉,一有可疑的动静,它就会马上睁开眼睛警惕地察看一番。

太阳落山以后,托米才会从昏睡状态中醒来,起身寻找食物。

野生动物出去找食一般都选在晚上,尤其是在满天星光或者皓月当空之时,又或是在雪后大地一片明亮的晚上。因为这样的夜晚能够更清楚地看见猎物。毕竟,即使是视力非常好的野生动物,在没有一点儿光亮的夜晚,也是看不清东西的。野生动物们大多喜欢在明亮的夜晚出动还因为这样的夜晚比较容易躲开天敌。

托米每次捕食时都要逆风前进,因为迎面吹来的风会把前方猎物或敌人的各种气味信息传递过来。

每次猎食前,它总是会先到曾经捕到过猎物的地方检查一番,把自己以前捕猎时残留下来的气味消除掉,之后,托米便向山顶爬去。一边向上爬,一边向山丘两侧观察,这样做纯粹是为了安全起见,因为这时如果恰巧出现可疑的声音,托米就会有办法把发出可疑声音的猎物或敌手引开了。

托米还经常爬到歪脖子树上或者是高高的石头上观

察四周的情况。

如果眼前实在没有什么地方可以攀登，它就会像弹簧似的高高地弹跳起来，通过一瞬间的居高临下观察周围的情况。

当它去农户家觅食时，总是小心而又沉着，一点儿一点儿地悄悄靠近，因为在每个农户家里不光有它可以捕捉的猎物，还有看家护院的狗，所以，必须小心翼翼才行。

到农户家觅食，托米一般会采用两种方法：第一种方法是直截了当地猎食，第二种方法是先试探再猎食。如果事先找到了能够安全逃脱的路线，托米就会直奔农户家去猎食；如果没有把握安全脱逃，托米就会先在农户家附近挑衅似的叫上几声，看看农户家的狗有没有反应，如果狗追了出来，它就立刻溜之大吉，如果狗没有跑出来，证明狗被拴住了，它就可以放心大胆地贴近农户家，去后院寻找能吃的东西了。

农户家最好吃的猎物就是肥鸡了。不过，偷鸡的时候，必须一口咬住鸡脖子，绝对不能让鸡叫出声来。

到农户家觅食，只要是可以吃的东西，托米都会想方设法弄到手。比如鸡吃剩下的面包屑、被老鼠夹子夹住后又被丢掉的死老鼠之类,实在找不到什么可以吃的了,托米就会把头伸进猪食槽里吃猪食来充饥,一个星期如果有五次能吃上比较好的食物,托米的运气就算不错了。

每天晚上,托米都会出去找食吃,每次都能找到吃的东西。

野生动物一般都生活在自己圈定的领地范围内,不会轻易到领地以外的地方去。要是碰巧遇到不相识的对手擅自闯入,它们就会把对手赶出自己的领地。

当然,前提是自身必须强大,如果打不过对方,自己反而会被对手驱赶出原本属于自己的领地。

现在已进入深冬季节,严寒突然令托米萌发了一种从未有过的孤独感:"要是有一个伴侣多好呀,可它在哪里啊?"

从那以后,每到月夜,托米就会爬到山丘上,伸长脖子和腰身,拖着长音向远方呼唤:"呜——噜——噜——"

那意思就是说:"我真是太寂寞了!"反复叫上几

次之后，托米就会侧耳倾听，听听有没有回应声，然而每回都令它非常失望。

时间就这样一天天地过去了，二月份的一天晚上，托米又这样叫喊了一阵后，突然发现远处的雪地上出现了两只动物奔跑的身影，它马上跳了起来，朝那两个身影飞奔过去。

到了原野上，托米仔细辨认了一下雪地上留下的足迹——原来是住在河边的那只厚脸皮的雄狐狸，不过，它们之间并没有什么恩怨。

托米继续向前走，很快又发现了另外一只狐狸的足迹。

这些足迹是另外一只狐狸留下来的。托米不禁勃然大怒，竟然有其他的狐狸擅自闯入了自己的领地！托米立刻沿着这些足迹追踪了下去。可是，追着追着，它的怒气渐渐消失了，心里居然还产生了一种莫名其妙的变化，因为，它发现这些足迹是一只雌狐狸留下的。

托米于是便沿着雌狐狸的足迹追踪下去，不过令它生气的是那只厚脸皮的雄狐狸的足迹居然在那只雌狐狸足迹的旁边，看样子它在尾随着那只雌狐狸。

这下子，托米可真的被激怒了，它气呼呼地飞快地追赶着，渐渐地，正前方出现了两只狐狸的身影，一只是那个厚脸皮的家伙，另外一只就是那只雌狐狸。就见它们两个时而相互追逐，时而滚在一起兴高采烈地戏耍。

和厚脸皮的雄狐狸在一起嬉戏的是一只娇巧的红色雌狐狸，它脖子周围长着一圈白茸茸的毛，就像围了一条白围巾，显得高贵不凡。

见它们两个竟然如此亲热，托米不由得妒火中烧，立刻冲了上去。

那只厚脸皮的雄狐狸见冲上来一个竞争对手，马上掉过头来，龇牙咧嘴地转向了托米。对于托米的突然出现，那只雌狐狸却表现得相当冷淡。

见雌狐狸这种态度，托米虽然感到很失望，但它还是把敌视的目光投向了那只厚脸皮的雄狐狸。

雄狐狸和托米就这样对视着，眼见一场厮杀就要开始，雌狐狸便独自逃开了。见雌狐狸走了，两只雄狐狸也顾不上较量了，都转过身去追赶这只雌狐狸。

追上了雌狐狸后，两只雄狐狸一左一右把这只雌狐狸夹在了中间，一边跑着，一边咬牙切齿地互相敌视着。

那只红色的雌狐狸向这两只雄狐狸瞟了一眼，开始向托米身边靠近了些，厚脸皮的雄狐狸一见，立刻又龇起牙来威胁托米。可是，托米只轻轻一撞，那只厚脸皮的雄狐狸就被撞倒在地了。

就在厚脸皮的雄狐狸被撞倒在地之时，雌狐狸又趁机逃走了，两只雄狐狸于是再次放弃打斗一齐去追这只雌狐狸。它们很快就又追上了，接着，雄狐狸们再次把雌狐狸夹在中间，三只狐狸就这样一起向前跑着。

没跑多长时间，雌狐狸又开始向托米这边靠近了，又过了一会儿，当三只狐狸停下脚步时，雌狐狸已经站到了托米的一边，厚脸皮的雄狐狸被孤零零地甩在了另一边。

见厚脸皮的雄狐狸还不走，托米于是又开了四肢，竖起脖子上的毛来，气势汹汹地站在了对方面前。到了现在，它甚至连漂亮的尾巴也都竖起来了。托米龇着牙，发出可怕的"呜呜"声，一步步地逼近那只不愿离开的雄狐狸。

那只雌狐狸这个时候已心有所属，它紧跟在托米后边，两只狐狸一齐向那厚脸皮的雄狐狸逼近。见此情景，

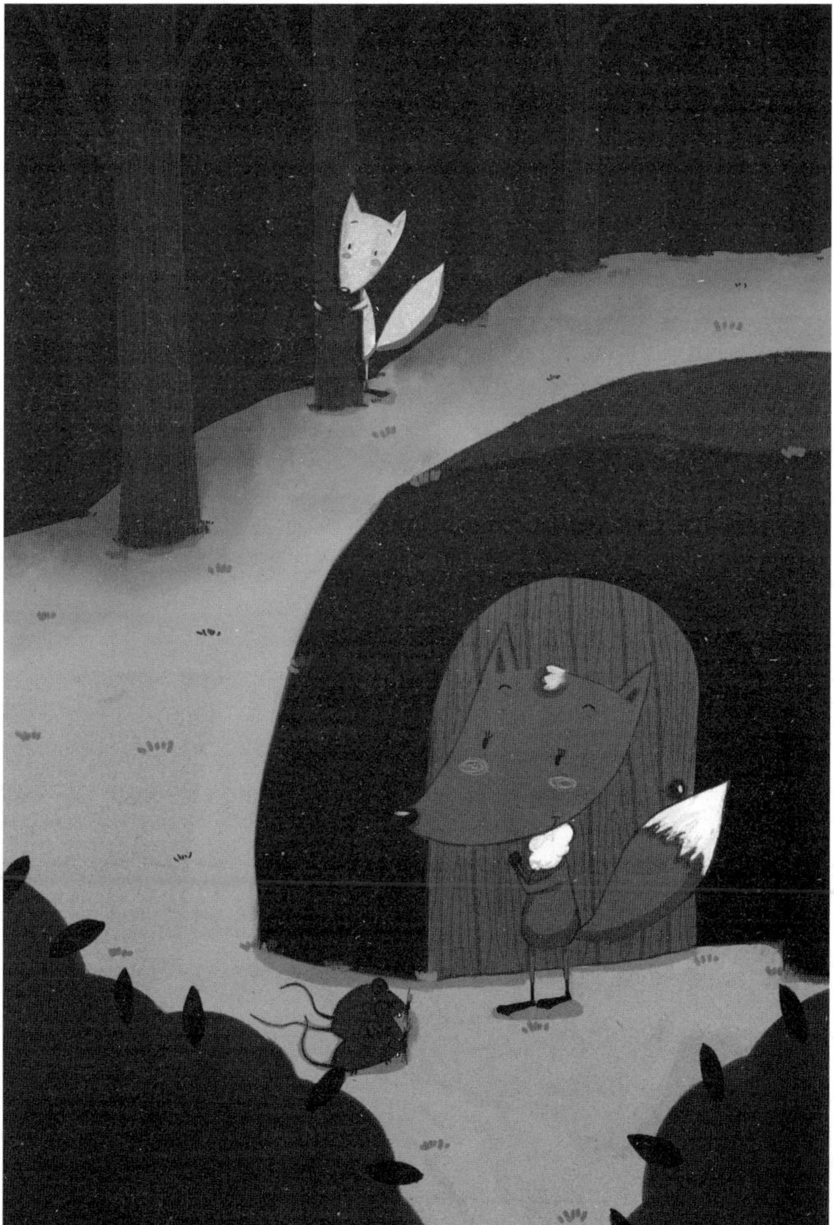

厚脸皮的雄狐狸知道大局已定，无力回天了，只好恨恨地转过身去，迅速逃走了。

托米就这样赢得了这只可爱的雌狐狸。

刚才这场争夺配偶的斗争便成了它们的结婚仪式。因为脖子上那圈像围巾一样漂亮的白色卷毛，托米的新娘就得了一个绰号叫作"白脖子"。

大山的春天终于到来了。

山上厚厚的积雪和河里的冰全都融化了，森林里的小鸟们纷纷唱起了春天的歌，青蛙的叫声也一天比一天喧闹起来。松鼠兴高采烈地在树上蹦蹦跳跳。

托米和"白脖子"形影不离，在山林中到处走动着，它们的感情已经从一开始的浓烈缠绵变得平静持久了。

野生动物的婚姻方式多种多样。有的动物选择一夫多妻，一只雄性动物占有一群雌性动物。但有的动物却选择了一夫一妻的婚姻方式，它们认为只有与自己喜欢的配偶相守终生才是最幸福的。聪明机智的狐狸当然也是选择一只狐狸作为伴侣的。

托米和"白脖子"的婚姻同人类一样，一旦成婚，它们彼此就会成为对方一生都不离不弃的伴侣。与其他山里的动物一样，它们俩也是殷切地迎接着春天的到来。

小河里的水重又"哗哗啦啦"地流淌着，好像也在欢快地唱着春之歌。托米和"白脖子"在山野间来回地小跑，似乎在寻找着什么。

其实，它们是在寻找建筑洞穴的最佳地点，而且，真正在寻找的是"白脖子"，托米只是跟在妻子后边而已。这对狐狸夫妻，寻遍了整座大山，可哪里都有其他狐狸留下的气味，意思很清楚："擅自闯入者，请速离开，否则有你好看！"

托米和"白脖子"只好继续往大山深处走去。后来，它们来到了一片长满茂密白杨的山谷，托米幼年时曾经在此生活过。"白脖子"最后相中了这个山谷，它打算在这里建造自己的家。因为这里的土质比较松软，很适合挖掘。

"白脖子"开始挖掘了。托米则登上附近的山丘，四处张望观察，把风放哨，不时地过来替换"白脖子"挖洞穴。

三天左右，洞穴挖成了。从洞口向下是一条长长的隧道，隧道中间挖出来一个横向的洞穴，做将来的卧室。

之后，又是一条隧道曲折向上，一直延伸到了地面。这样一来，洞穴就有了两个出入口。事实上，洞穴一建成，最早挖开的那个洞口就被"白脖子"给堵死了。因为洞穴建造时所有从地下搬运出来的泥土都堆在了那个洞口，形成了一个小小的土堆，托米夫妻无法由此出入洞穴。于是"白脖子"才在建成的洞穴的另一头新开了一个入口，然后把最初挖开的那个入口用那堆泥土掩埋起来。这样一来，既方便了进出，又可以避免洞穴入口被敌人轻而易举地发现。用不了几天，那个被封死的洞口外面就长满了杂草，这样一来，谁都看不出这一带有狐狸洞了。

为了洞穴的安全，托米和"白脖子"可谓用心良苦。

每次外出回来，它们俩都要先到小河里泡泡脚，让河水把自己脚上的气味冲洗掉，然后再绕回洞穴。

有一天，托米在森林里遇见了一个小女孩，她身穿长长的外套，手里拎着一个篮子。

托米暗想："看样子不像是敌人啊！"

小女孩当然不是它的敌人。她又不是猎人，只是到森林中摘果子的小姑娘而已。

小女孩也看到了托米，变得异常兴奋："好漂亮的狐狸啊！真想摸摸它光溜溜的皮毛啊！"

托米也被这个亲切友善的小女孩吸引住了，不由得向小女孩跑了过去。没想到，随着"汪、汪、汪"几声狗吠，一只小狗从小女孩身后跑了出来。

七

一见小狗跑出来，托米马上便逃走了，刚刚要与这个善良的小女孩建立起来的感情，马上就被这只小狗给无情地破坏了。

小女孩一回到家，就把自己的森林奇遇说给了家人听："那只狐狸真的非常漂亮，它长着一双特别友善的眼睛！"

当森林、山谷全都浸染成一片绿色的时候，"白脖子"的性情举止突然发生了巨大的变化。

不知什么缘故，那个曾经挚爱无比的托米在"白脖子"眼中变得有点儿烦人了，总觉得它在自己眼前晃来晃去的有点儿碍事。

有一天，托米刚要钻进洞穴，"白脖子"突然冲着它大吼了一声，声音极具威吓力，意思很清楚，就是："不准进来！"

托米夫妻到底怎么了？

原来，"白脖子"生小宝宝了，现在，洞穴里正卧着五只刚出生的小狐狸。虽然"白脖子"是第一次做妈妈，不过它就像天生懂得如何做妈妈一样，知道先为孩子们建造洞穴，然后再把它们平安地生下来。如何建造洞穴、如何生育小孩……样样都没有谁教过它，可是，它却都做得那么棒。其实，这一切都是大自然赐予它的本能。

刚出生的那几只小狐狸，长得非常小，样子也很难看。如果有谁看到了刚刚出生的小狐狸崽，肯定会说："妈呀！太难看了！"可是在做了妈妈的"白脖子"眼里，这些孩子们简直可爱极了，它对自己的小宝贝们又搂又舔，照顾得无微不至。"白脖子"对自己孩子的疼爱，使得它就想和小宝宝们单独相偎在一起，谁也不能干扰它们，即使是丈夫托米也不行。

因此这些天来托米一直都在洞穴附近转悠，根本不敢进洞里去。

有一天,"白脖子"从洞穴里走出来,到附近的小河边喝水。这一幕被躲在附近土堤上的托米看到了,当然,它的妻子也看见它了,可是,"白脖子"却表现得冷若冰霜,好像不认识托米似的,喝完水后就又回到了洞穴里。

"白脖子"生产以后,吃的都是它在生产之前储存在洞穴中的老鼠。不过,这些储存起来的老鼠现在快要吃光了。

一天,"白脖子"刚走出洞穴,就看见洞口处有三只死老鼠。原来是丈夫托米捉来放到洞口的。没有谁教托米这么做,是作为丈夫的本能告诉它应该在这时候向妻子献殷勤。

小狐狸们在父母最温暖的关爱下,迅速地成长着。

在这些小狐狸崽出生一个月左右,它们第一次走出了洞穴。这些小家伙已经不像刚一出生时那么难看了,个个都长得胖墩墩的、圆滚滚的,就像毛线球似的,走起路来步履蹒跚,不时在洞穴外的地上打滚儿。那种可爱简直无法用语言来形容。

托米和"白脖子"对自己的孩子们疼爱极了,不论是在洞穴里面还是在洞穴外面，夫妻俩对这些小宝贝都是又抱又舔，百般怜爱。为了自己的孩子，它们甚至愿意去冒任何的风险。

小狐狸们一天天长大，越来越强壮了。看着它们的成长，做父母的都感到非常幸福。但是，在这个世界上，幸福总是不长久的，幸福之中往往潜藏着不幸，而不幸总是在不知不觉间降临。

一天，托米叼着猎物刚回到洞穴，附近突然传来了一阵狗叫声。

听到那声狗叫，托米一下子惊得魂飞天外，原来，那竟然是托米再熟悉不过的猎犬库拉的叫声！它从小到大的梦魇！托米努力控制住自己的恐惧，勇敢地迎着库拉叫声的方向跑去。而"白脖子"则把小狐狸们带回了洞穴的最深处。

托米是为了引开库拉才离开洞穴冲它跑过去的，本来想要个花招儿，轻松地从库拉面前逃走，可是没想到库拉马上就追上来了，要想顺利逃脱可没那么容易了。

库拉已经长成一只大狗了，它奔跑的速度可比小时候要快得多。

库拉刚才无意间发现了"白脖子"的足迹,它本来准备去追踪"白脖子",不料半路上突然冒出个托米,把它的追捕计划给打乱了。它怒火中烧,愤怒地吼叫着向托米追来。

托米东躲西藏,迂回了几个回合,然后心中暗想:"库拉大概已经被甩掉了吧!"

可是这回,不管托米耍什么花招儿,长大后的库拉总能看穿,它并不上当,一直紧紧地盯得托米。原来,愚笨的库拉在成长中增长了不少见识,掌握了许多对付托米的智慧,看来,它似乎已经掌握了追捕托米的窍门了。

托米与库拉之间就这样不停地你追我赶,较量着体力与智慧。

最后,托米向着陡峭的悬崖对面跑去。为了隐藏自己的真实意图,托米假装先向河岸跑去,随后再巧妙地把这只可恶的大狗引到悬崖上的羊肠小道上去。

就见快速奔跑的托米突然放慢了脚步,库拉从后面看见了,还以为托米跑不动了呢,于是便一边"呼哧呼哧"地喘着粗气,一边加快速度追了过来。

托米现在已经跑到了通往悬崖的宽路上。库拉追着追着，突然感到情况有点儿不对，刚想停下来，却见这只狐狸奔跑的速度越来越慢，好像快支撑不下去了，于是不假思索地向托米追了过去。

差几步就要撵上对手了，库拉暗暗给自己鼓劲儿，"再加把劲儿！"这时，托米已经来到了悬崖上的羊肠小道，就在库拉刚要抓住托米的一瞬间，托米突然如旋风般地飞跑起来，煮熟的鸭子就这样飞走了。更糟糕的是，肩宽背阔的库拉光顾追赶托米了，不小心跑到了羊肠小道上，狭窄的羊肠小道根本容不下它那壮硕的身躯，它的一侧肩撞到了悬崖上，接着又被弹了出去，"扑通"一下子掉到了悬崖下的河流里。

八

悬崖下的河水非常冰冷，而且翻卷着漩涡。

托米站在悬崖顶上的那条羊肠小道上，俯瞰着从悬崖上掉下去的库拉，眼瞅着它像一个影子一样掉到了湍急的河流里，这才抽身赶回了自己的洞穴。

从悬崖上掉到河里的库拉，被湍急的河水冲得狼狈不堪。它拼命地想浮出水面，可是刚一露头，激流翻滚的漩涡立刻又将它拖入了水中，它就这样一遍遍地在水里翻着跟头，最后被翻滚的浪花抛了出来，摔到水中隐藏的一块像锯一样锋利的岩石上，随后，"砰"的一下子，它终于被激流推到了岸上。

库拉遍体鳞伤，灌了一肚子冰冷的河水，折腾了一晚上也没能回到主人家。经过这一回磨难，库拉元气大伤，休养了足足半年。那一年的春夏两个季节，它再也没有出去捕猎狐狸。

又一年的夏天很快就到了。

一天，托米正在山丘上一片茂密的草丛中隐藏着，准备伺机捕捉猎物，突然闻到了一种特殊的气味，于是便循着气味找了过去，找来找去，就见前边站着一个大动物，身上的主色调是明亮的红色，红色中还点缀着白色的斑点。气味就是从它身上发出来的。

如果从正面过去，那动物肯定会马上跑掉的，因为托米已经拉好了架势准备发起攻击了。

托米在它身后停了下来，悄悄地盯着它看。

从远处看，这只动物就像死了一样，躺在地上一动也不动。可是，走进了一看，它并没有死，因为两只大而圆的眼睛还睁着。听到动静，这个动物转过头来，看着托米，它的眼睛清澈明亮，透着些许的胆怯。

这一切都被托米看在眼里，它立刻就来了兴致。它脑子里有一个强烈的念头，就是想弄明白这究竟是什么动物。其实，托米面前出现的是一只小鹿，因为附近很少有鹿出现，托米还从来没有见过鹿呢，所以，它对躺在草丛里的这个动物当然一无所知了。

托米小心翼翼地向小鹿靠拢着，眼看再靠近一点儿就可以扑上去了，没想到那只小鹿却突然站了起来。它发出一声长长的悲鸣，支起长腿从草丛中跳了出来想要逃走。

见这只小鹿逃跑的样子十分有趣，托米立刻跟在后边追赶起来。

它刚一跑，地面上突然响起了一阵"咚、咚、咚、咚"的声音，好像谁在使劲地蹬踏着地面。托米回头一看，就见一头体形庞大的怪物气势汹汹地跑了过来，原来是鹿妈妈。它背上的毛倒竖着，眼睛里冒着愤怒的火焰。

见势不妙，托米赶紧就跑，可是，鹿妈妈跑起来快得像阵风，眨眼间就追上了托米。

鹿妈妈冲上前来，抬起前腿使劲地踢托米，托米慌忙躲开了。鹿妈妈见一招不成，便又改换了招数，开始用身体一次次地撞击托米，托米体形娇小，行动敏捷，每次都成功地躲开了。随后，托米向树林里逃去，鹿妈妈又追了上来想要踢托米，托米一躲，鹿妈妈的脚踢空了，一下子踹到了树上，把树都踢飞了，鹿妈妈的脚也疼得要命，这才放过了托米。

托米死里逃生，明白了一个道理：自己不认识的动物不一定都是猎物，很可能是可怕的敌人。

实际上，可怕的不仅仅是那些它不认识的动物，还有布顿叔叔家的孩子们放的捕狐夹子。

不过，布顿叔叔家的孩子们并不精于此道，也不在这上面花心思，他们往往把夹子下好就丢在森林里不管了。

被他们下的夹子捕到的狐狸，都是极其愚蠢的狐狸，头脑稍微聪明点儿的狐狸，都会躲开他们下的夹子的。

对于头脑聪明的狐狸来说，躲开捕狐夹子简直是太容易不过了，它们甚至还认为下这种夹子的人是笨蛋一个。

托米经常往来的路上，总有布顿家的孩子们下的捕狐夹子，托米见了，总是嘲笑般地盯着那夹子看两眼，然后在附近的石头或树桩上轻蔑地撒上一泡尿。

布顿家的孩子们很快又学会了一种捕猎狐狸的新方法。北方来的樵夫送给了他们一种魔药，据说可以引狐狸上钩。

这种神秘的药水，是用从海狸身上提取的油与苦艾混合起来一起榨汁，再加入各种材料调制而成的，具有一种特殊的气味。

这位樵夫告诉他们说："这种药只要用上两三滴，就能让人发晕。树林里的那些狐狸闻到了，都会忍不住跑来的。闻到这种药，那些狐狸就像吃了迷魂药一样，晕晕乎乎。你们可以把药涂在捕狐夹子上，药味一挥发，自然就把狐狸给引过来了。"

听了樵夫的话，布顿家的孩子们立刻就拿着装魔药的瓶子跑到了森林里。

他们找到自己原来下的捕狐夹子,按樵夫所说的方法把药水涂在了上面。

这种药散发出来的气味,对于嗅觉比较迟钝的人类来说是极其微弱的,不过对于嗅觉极度灵敏的狐狸来说,不费吹灰之力就闻到了。

一天,托米正在森林里走着,忽然,远处飘来一股奇特的味道,这种气味让它感到异常舒服,也使它有些好奇。这有点儿像人类听到响亮的喇叭声,就想过去看看喇叭到底是什么东西一样。它现在就是这种心情。

鼻子异常灵敏的托米,一边跑一边嗅着,追踪着这种气味跑了将近两千米,最后来到了一个熟悉的地方。这里就是布顿家的孩子们下捕狐夹子的地方。

托米一直对布顿家的孩子们放的捕狐夹子嗤之以鼻,以前,它看到夹子就会迅速地离开。可是,今天是怎么了?它不仅没有马上离开,反倒觉得这里的环境和以前有些不同了。

其实,这里的环境和以前根本没有两样,不过是今天这里的气味与众不同而已。现在,药味在托米身上起了作用,使得托米产生了幻觉,觉得夕阳下这片脏兮兮的满是烂泥的河岸也变得非常美丽了。

在药物的影响下，托米觉得周围的环境都变了，变得就像美丽的幻境一样。它的鼻孔一张一合，贪婪地吸着这种奇特的气味，就像醉酒了似的。渐渐地，这种奇妙的感觉慢慢遍及了全身，渗透到了它身上的每一个毛孔。现在,这充满魔法的气味引诱托米一步步走向了幻境。

九

托米摇摇晃晃地向前走着，再往前就是捕狐夹子，托米心里很清楚，可它现在已经被那股醉人的气味控制了，身不由己地向捕狐夹子走了过去。

走着走着，托米的身体终于不听它使唤了，它趴倒在地上，头拱着地，身体完全张开，那身美丽的银色皮毛凌乱地贴到了地面上。它已经深深地陷入了梦幻当中，根本不知道自己已经落入了陷阱。

随着"咔嚓"一声巨响，捕狐夹子突然弹了起来，把托米的后背紧紧地夹住了。

"啊！"沉浸在美梦之中的托米惊叫了一声，一下子从梦中惊醒了。它使劲站起身来，用力一抻后背，背上的夹子一下子就被它抻了下来。这个夹子要是夹在了它的腿上，那它想挣脱可就没这么容易了，恐怕就要困死在这个夹子上了。

托米忍着疼痛逃走了。而布顿叔叔家饲养的鸡还是和以前一样接二连三地失踪。

布顿叔叔老为此发脾气，他生气地责骂自己的孩子们："看你们整天忙忙叨叨的，连狐狸偷鸡的事情都解决不了！实在不行，我自己去下捕猎夹子了！"

布顿叔叔说干就干，拿起夹子就走向了森林。

孩子们下的捕猎夹子的确有问题，事后都没记得去掉铁器的味道，难怪狐狸不上钩。要想把铁器的气味完全除掉，必须用火点燃杉树，然后用烟熏一遍捕猎夹子，这样才行。处理完铁器的味道，接下来，布顿叔叔还把迷幻药的气味也消除掉了。

"这种药只对笨狐狸起作用。聪明的狐狸发现气味异常，就会警觉起来，甚至会躲得远远的。想用这种气味引狐狸上钩，就别指望了！要对付狐狸，最有效的还是自然的气味！"

孩子们不解地问道："那用什么东西呀？什么才算自然的气味？"

"新鲜的鸡血！"布顿叔叔说道。随后，他就像职业猎手一样，迅速地安好了捕狐夹子，然后在夹子上面放了些杉树枝，再把鸡肉夹到夹子上，最后又往上面洒了些新鲜的鸡血。

过了两三个夜晚之后，托米又被鸡肉的气味给引诱了过来。

"没想到这里还有美味呀！"托米一边在跟前转悠，一边暗自思量。转念间，它又回想起上次的痛苦经历。

"实在是太可怕啦！"

不过，这回这里却没有那种迷幻药的气味，只有一种烟的气味。

"能弄出烟味的也只有人呀！"托米的经验告诉它。

它赶紧向一旁走去，前面烟味很微弱，"尽管如此，还是太可怕啦！"想到这里，它又慢慢地向后退去。

"咔嚓！"一声，布顿叔叔亲自下的捕狐夹子起作用了，托米的一个脚掌一下子就被夹住了。

"嗷！"托米痛苦地叫了起来，跳起来就想逃走，没想到却被夹子给拽回来了，原来，布顿叔叔还在夹子上拴上了一条长长的链子，链子的一端绑在了一个树桩上。

托米用嘴撕咬绳子，不停地在地上打滚儿，想尽一切办法把自己的腿从夹子里拽出来。不过这次不同于上次。上次夹子只是夹在了背上，托米一使劲就能把夹子挣脱下来，可这次夹它的是个铁夹子，质地特别坚硬，而且还夹在了脚上，怎么使劲也挣脱不了。

整整一天，托米都在不停地打滚儿挣扎着。它脚上被夹子夹出的血都把身体染红了。它被折磨得痛不欲生，恨不得马上死了算了。

天快亮时，附近突然响起了脚步声。托米喘息着向发出声音的方向看了过去。

原来是以前攻击过它的那只可怕的母鹿。

见地上躺着的居然是上次遇到的那只狐狸，母鹿也异常警惕，身上的毛马上竖了起来。上次没能攻击到托米，这回可不能再便宜它了。想到此，这只母鹿立刻朝托米冲了过来，看样子，似乎要置托米于死地。

托米拖着夹子往旁边一跳,想要躲开,但又被上面拴的链子给拽了回来。

母鹿马上就明白了,现在托米动弹不得了,要一脚踢死它太容易了。于是,母鹿放慢了前进的速度,慢慢向托米逼近,样子非常可怕。到了近前,母鹿猛地跳了起来,把全身的力量都集中到了脚上,随后飞快地向托米的身上踢去。

就听"咔嚓!"一声,好像是什么坚硬的东西碰撞的声音,母鹿尖尖的蹄子一下子踢到了什么硬东西。说来也巧,正好踢到了捕狐夹子的弹簧上,夹子上面的弹簧一下子被踢飞了,夹子马上张开了一个大大的口子。托米那只一直被夹着的脚终于自由了,它立刻从那个张开的大口上拔出脚来,起身逃走了。

那只脚被夹子夹了一天,现在还是麻木的,所以托米只能用三条腿来跑。母鹿不甘心失败,于是又怒气冲冲地从后面追了上来,眼看就要追上了,就见附近出现了一道栅栏,为了躲避母鹿的攻击,托米顾不来许多,迅速地钻了进去。而那只母鹿,因为身躯太大,既钻不进去也无法跳过去,正左右为难之际,突然传来小鹿的尖叫声，母鹿只好极不情愿地离开了。托米也终于捡回了一条命。

这次死里逃生的经历，使托米再次领略到了对手的厉害，从此以后它总是把防守放在一切行动的首位。此后，它多次成功地避开了带有铁器和人类气味的东西。只要发觉气味同平日稍有差异，它就要避开。它心里明白，凡是自己不了解的东西就是自己的敌人，因为这些东西可能把自己引向死亡。

那一年夏天，因为一只脚受了伤，托米都是用三条腿来走路的，由于行动不便，它只好就近到山脚下农户家周围觅食。

出于对人类的恐惧，它不敢直接到农户家猎食，只能在农户家的果园、森林边和广阔的庭院尽头转悠。

有一次，托米正在草丛里藏着，忽然看到对面有什么东西在闪光，仔细一看，原来是火鸡的眼睛。当时，这只火鸡正在草丛中生蛋，当托米正琢磨着如何下手才能吃到这只火鸡的时候，身后突然响起了一个声音。

它回头一看，身后站着一个手提篮子的小女孩。

"啊呀！原来是狐狸呀！你是不是想干什么坏事

啊？"那女孩轻轻地说道。

托米虽然听不懂小女孩在说什么，但却能感觉到她对自己似乎并无恶意。所以，它并没有逃走，而是歪着头看这个小女孩。这个小女孩一边温柔地跟托米说着话，一边从篮子里拿出来一个东西，朝它扔了过来。

啊！那东西的气味太诱人了！托米赶紧叼起那个东西，匆匆地逃走了。

两三天后，托米又来到了上次发现火鸡的地方。这一次火鸡的周围出现了一股强烈的刺鼻的铁器气味，托米立刻向后退去，然后它又慢慢地转向了其他地方，然而那些地方的周围仍然散发着铁器的气味。

火鸡周围怎么会出现铁器味呢？原来，上次遇到的那个小女孩看出了托米的用意，之后她就在想，有什么两全其美的办法可以既不伤狐狸又能保护火鸡呢？她爸爸教了她一个办法，就是在火鸡的周围摆放各种铁片，狐狸一闻到铁器的气味就不会靠近了。于是，小姑娘就照着做了。

而托米闻到了铁器的气味，果然没敢再轻举妄动，小姑娘家的火鸡安全了。

后来，托米又发现了一只母鸡，它正好在一处庭院外蹲着孵蛋，跟前也没有什么危险的气味，于是，托米便偷偷地跑上去，一口咬死了母鸡，然后把这只母鸡拖进森林里埋了起来。埋好母鸡后，托米立刻又跑了回来，把那些鸡蛋一个个搬运回森林，将它们也埋藏了起来。把鸡蛋埋好之后，托米就把刚刚埋好的母鸡找出来叼回了家。之后，它还不忘把那只鸡身上的气味消除掉。托米埋藏储备那些鸡蛋，是为了找不到食物时挖出来吃的。可是，狐狸就不担心埋藏的时间久了鸡蛋腐烂变臭吗？其实，动物们对此一般并不介意，当它们饥肠辘辘之时，只要有吃的东西填饱肚子就可以了，至于食物是否腐烂变质，对它们来讲也没什么大不了的。

整个夏天，托米都是拖着被夹伤的脚出去觅食的，当有敌人出现时也无法快速逃走。幸运的是，那只猎犬库拉的脚也摔伤了，比它伤得还重，甚至无法走路，这样一来，当托米不得不出去猎食时，就少了一个可怕的对手。这一年，托米捕获的猎物反倒比往年还多。

那个夏天，托米几乎每天都能捉到活物，而且，它的猎物还不只小青蛙什么的，种类相当丰富，不管是什么猎物,它都捉回来训练孩子们。

一天,托米在河边找到了一只香鼠,那只香鼠正在吃河贝。当时,河岸的周围雾气很浓,所以托米偷偷地靠近,香鼠并没有听到,只顾"咔嚓咔嚓"地咬着吃河贝,根本不知道危险靠近。

托米一点儿一点儿地贴近,"吱——吱——",随着一声声嘶力竭的惨叫,香鼠被捉住了。香鼠那尖利的牙齿在托米身上胡乱地咬着,托米不甚其烦,不知如何是好。但是,托米还是生生地把这只香鼠叼回了洞穴。

一到洞穴,托米就把香鼠扔到了自己的孩子们中间。

小家伙们盯着这只受了伤的香鼠,迟迟不敢行动,香鼠见到有这么多狐狸,马上惨叫着躲到一边。见香鼠跑了,小狐狸们急了,一个接一个跑上去,想把它咬死。

而香鼠怎么会是狐狸的对手呢?它只不过比普通的老鼠长得大一些,牙齿尖利些而已。

小狐狸们很快就把这只受伤的香鼠围在了中间,就像一群猎犬困住了一头小熊。

双方对峙了一段时间,之后,一个身体最结实、身上皮毛颜色也最黑的小狐狸跑上前去,开始扑咬这只香鼠。

就这样，这只小黑狐狸与香鼠之间最后的战斗开始了。

十

经过仔细的观察，这只小狐狸对香鼠身上的要害部位已经了如指掌，几个回合之后，它一口咬住了香鼠的咽喉，香鼠终于彻底断了气。

就在小狐狸们围攻香鼠的时候，托米和"白脖子"一直在旁边静静地观看着，并没有给小家伙们任何的帮助，因为它们知道，小家伙们必须自己解决问题，这样才能练就一身狩猎的本领。

小狐狸们渐渐地长大了，最大的差不多与母亲一般高了。这时，它们与父母兄弟姊妹分离的时候也慢慢临近了。

长得最大的狐狸哥哥最先离开家族出去闯荡，接着是狐狸妹妹们。很快，孩子们就一个个地离开了，洞穴里最后只剩下了托米和"白脖子"。

随着时间的流逝，托米和"白脖子"终于从与孩子们分离的伤感中走了出来。不过，托米和"白脖子"此后并不总在一起生活，它们时而分开，时而在一起。有时，它们两个会分开很长一段时间，但并非永久分离。作为一对忠诚恩爱的夫妻，只有在死去的时候才会完全长久地分离。它们时不时会回到洞中相聚，在一起的日子它们都会彼此帮助、相互体贴。

托米脚上的伤到初秋时才痊愈，因为并没有伤及骨头，所以伤愈后的托米又成为大山上跑得最快的狐狸了，它奔跑时的耐力也非常持久。

这时的托米，正处在生命的巅峰时期，体力最充沛，浑身都有使不完的劲儿。它为自己拥有这么强大的力量而喜悦。

在托米生活的这座大山上还有很多狐狸，可是没有哪一只比它跑得更快。现在，除了那只讨厌的猎犬库拉不太好对付外，托米生活的这片天地根本就不存在它所惧怕的敌人。托米没事总喜欢跑来跑去，不停地锻炼自己的速度、力量和耐力，就像是在为将来某一天与强敌作战而提前作准备似的。

在这座大山上,每年春秋两季都会有雁群飞来。那些大雁伸着长长的脖子,一边飞着,一边大声地鸣叫着,那声音大得就跟一个个大喇叭似的。有时,雁群会在大山上暂作停留,找点儿东西吃。之后便再次启程,赶往它们的目的地。

每当雁群飞来之时,山里就会响起猎人的枪声,那是人类在猎杀大雁呢。

有一天,托米和"白脖子"看见池塘里漂着一只死去的大雁,这只大雁是被人们打中后挣扎着逃到池塘后才死去的,它们于是把死雁叼出来吃了。

托米总是想靠自己的智谋抓到一只大雁,可是没有一次能成功。

有一天,托米和"白脖子"一起来到河边,这时,正好有一小群大雁飞落到了河边的农田里。

农田里的农作物都收割完毕了,地里只剩下光秃秃的秸秆戳在那里。

托米和"白脖子"趴在河岸上,偷偷地窥视着田里。由于农田里没有什么可以遮掩的东西,所以它们俩没法接近雁群。

于是,托米和"白脖子"想到了一个巧妙的方法。

托米悄悄地躲到了农田附近一片茂密的草丛中,那片草丛一直延伸到农田的中间。

"白脖子"则先在这块农田周围茂密的草丛中隐藏着,然后迂回转到了农田对面的草丛中,从这边探出头来,缓缓向农田里面前进。

这时候,正在农田中间休息的大雁,一个个伸长了脖子,看着突然冒出来的"白脖子"。

"注意了,有狐狸!"

大雁们相互提醒着。

"白脖子"见大雁们一副警惕的样子,便故意跳起来,在地上打了一个滚儿,然后又躺在地上。见大雁们一放松,它又开始悄悄地匍匐前进。大雁们再一注意,它又像刚才那样在原地蹦跶翻滚,装出一副自娱自乐的样子,它就这样走走停停,渐渐地向雁群那边靠近。

大雁们伸长脖子就会看到这只狐狸的位置发生了变化,不过,它们并没有马上飞走,因为狐狸离它们还比较远,就算是有危险,它们也有时间起飞。

"白脖子"就这样时而前进、时而趴下,逐渐靠近雁群。

这是狐狸捕捉雁、鸭等飞禽的一种惯用的伎俩。

雁群中,一只年长且经验丰富的大雁发现了这只狐狸正匍匐着向雁群靠近过来。

"危险!"

它向后退了一步,其他大雁也跟着向后退了一步。

就这样,大雁们一点点向后退着,渐渐与"白脖子"拉开了距离。可是,它们只顾这样向后退了,根本没有发现农田背后的草丛中还藏着另一只狐狸——托米。

大雁与农田中间的草丛距离更近了,当雁群觉得退得差不多了,正打算起飞时,托米冷不防从草丛里蹿了出来,一口咬住了那只老雁的脖子。其他的大雁吓得呼啦一下飞走了。

就这样,两只狐狸终于凭着自己的聪明和智慧捉到了大雁。

十一

托米和"白脖子"从结为夫妻起一直到现在,相互之间的感情是越来越深厚了。

秋叶飘零，森林中一片肃杀之气。

每年的十一月，当秋月升上高空之际，森林里的动物们就像得了忧郁症一样，叫声苍凉，举止异常。这种状况一直延续至今。

托米和"白脖子"也是如此，一个秋月高悬的夜晚，托米独自站在山丘上，高高地仰起头来，朝空中悲鸣着，远处立刻响起其他狐狸回应的叫声。托米听到回应后，马上就向大山的最高峰跑去。在大山的最高峰，满是岩石的悬崖上早已聚集了一群狐狸。

托米到了那里，先隐藏在悬崖边的岩石旁，仔细观察着周围的动静。就在这时，又有一只狐狸悄悄地靠了上来，原来是"白脖子"。很快，一只只狐狸的身影就出现在山顶四周，它们个个都猫着腰，蹑手蹑脚地向山顶聚集。到达山顶后，狐狸们相对而坐，沉默了片刻。随后，托米鸣叫起来，发出一阵"噜噜噜"的叫声。它一边叫一边在原地来回走动着。其他狐狸也是如此。此时的"白脖子"和托米都在狐狸群中边叫边走，谁也不理睬谁，就好像互不相识一样。

直到月亮沉下去之后,这些在山顶上不停地走动鸣叫的狐狸才会结伴散去,最后消失在茫茫大山深处。

为什么每年的十一月,每当月亮升起之时,狐狸们就会集体聚集在山顶,鸣叫个不停?它们这样做的目的何在?谁也搞不清楚。

那样的月夜,狐狸们不为爱情,不为食欲,当然也不是为了战斗。

冬天到了,又是一个恋爱季节。

很快,春天就又到了。

现在的托米变得更加聪明了,它在翻越山丘之时,不会像过去那样猛地一下子就出现在山丘上,而是先把头慢慢地露出去,仔细观察山丘的对面、侧面。确定没有任何可疑之处后,才会翻越山丘。

有一天,托米翻过几个山丘之后正往家走。它在山丘上向对面一看,就见一只巨大的猎犬正在追赶羊群。它很快就追上了羊群,冲上去对准一只羊的咽喉就咬,那只羊马上就被咬死了。接下来,又有几只羊被这只猎犬咬死了。

那只猎犬正是库拉。

没想到库拉会这么凶残地伤害羊，托米吃惊不已。

突然，"砰"的一声枪响，库拉赶紧躲到了旁边的岩石后边，接着，又一声枪响，库拉被射中了。

库拉强忍疼痛带着伤快速地逃到后面的小山谷里，很快就消失不见了。原来，那个山谷里有条水路，它钻到了谷底，追赶的猎人就看不见它了。

一听到枪响，托米赶紧就跑，它想横穿原野逃走，但不幸的是被人们发现了。

见自己的十多只羊都被咬死了，羊群主人气得浑身发抖，于是开始寻找地面上的足迹。可是，受到惊吓的羊群早把库拉的足迹给踩掉了。

羊群的主人也没有多想，只是不停地咒骂着："一定是那只该死的狐狸干的！我一定要逮到它！杀死它！"羊群主人于是鼓动附近的人们去捕杀狐狸。但是人们没有听他的。

直到三月，周围还是不断发生羊被咬死的事件，人们才主动要求猎杀狐狸。尽管也有人提出异议,提醒大家，在羊被咬死的附近，也有大狗的足迹，但大多数人还是认为，咬死羊的就是狐狸，而且还一口咬定，就是大山上的那只银狐干的。

十二

现在,无论是家里有羊被咬死的人,还是以狩猎为乐的人,他们都想捉到那只银狐,剥下它那漂亮的皮毛。众人各怀心思,聚在了一起,准备围捕托米。

但少年阿布,也就是猎犬库拉的主人却没有参与这次猎杀行动。因为他家和布顿叔叔家一直不睦,所以,在围捕行动开始之时,阿布就跑到别的地方打猎去了。

当时,"白脖子"正在河流上游的山谷里转悠。它和托米还在白杨树的洞穴里住着。

进入山谷的猎犬很快就嗅到了"白脖子"的气味,于是便狂吠着循着"白脖子"的气味一路追了过来。农夫、猎人们没有跟着追,而是拿着猎枪,在狐狸的必经之路上候着,他们知道,狐狸被猎犬追赶时,就会跑向自己的领地。

"白脖子"早就听到了猎犬的狂吠声,一开始并没

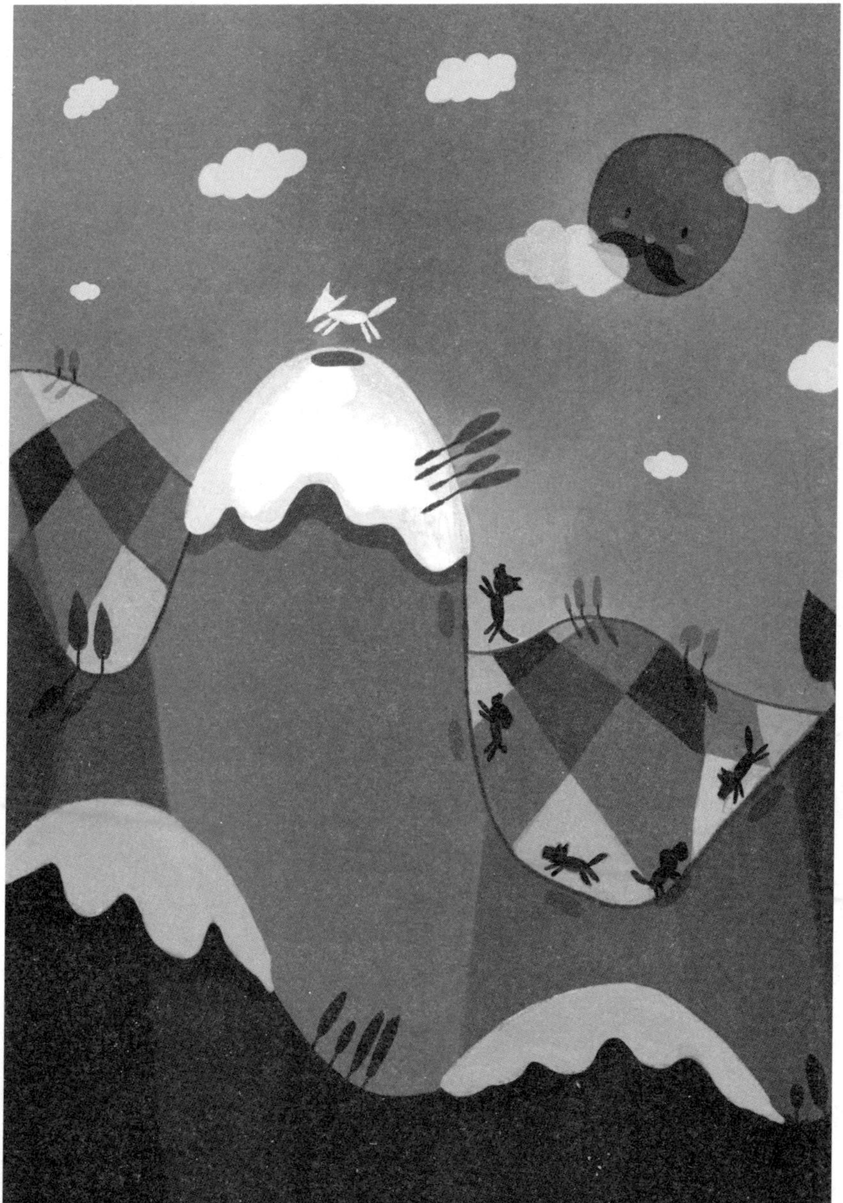

有逃走，后来，听见叫声离自己越来越近，它才赶紧逃开了，因为它已经明白，猎犬们是冲它来的。

这时的"白脖子"已经是个准妈妈了，过两三天后就要生产了。挺着个大肚子，想躲开猎犬的追踪太不容易了，可是，再艰难也得逃啊。

"白脖子"转身向山谷里的河边逃去。如果赶上一个好天气，再刮点儿风的话，河边留下的足迹的气味很快就会消失掉。可糟糕的是，那天积雪刚有点儿融化，地面上变得泥泞不堪。很快，"白脖子"身上就溅上了泥。脚上、肚子上，还有尾巴上都是黏糊糊的。地面又湿又滑，有好多次它差点儿跌倒。

太阳光强烈地照射着地面，雪融化得更快了。"白脖子"的尾巴渐渐无力地耷拉了下来。在自然界，身体状况正常的狐狸跑的时候往往都摇摆着尾巴，只有在身体状况不好、浑身没有力气的时候，它们的尾巴才会耷拉下来。

"白脖子"拼尽全力才挣扎着跑到了河边。山上的积雪融化成雪水不断地汇集到了河里，河水的水面涨起来了。架在小河上的圆木桥也被河水打湿了。"白脖子"

想通过小桥逃到对岸去,可是刚走了一半,脚下突然一滑,"扑通"一声掉进了冰冷的河水里。

"白脖子"立刻就被激流卷走了。它在河水中拼命地挣扎,努力地向河对岸游去。现在,它的全身都湿透了,身体变得异常沉重。当它用尽全力好不容易爬上河岸,便大声地呼叫起来,它是在呼唤丈夫快来救它。

很快,它就听到托米发来的短促而尖厉的回声。随即,托米像旋风一般,充满力量地出现在自己的妻子面前。

托米一见到妻子,立刻就明白了它的处境,于是立刻向前跑出了八百米又折返回来,为的是把"白脖子"的足迹弄乱。

猎犬的叫声渐渐地近了,托米和猎犬之间的距离也越来越近了,三百米,二百米,一百五十米……

猎犬很快就发现了托米,于是就不再追踪"白脖子"的足迹气味了,转而去追托米。就在猎犬快要追上之时,托米身体一跃而起迅速地逃开了。

托米这么做是为了不让猎犬再去追赶"白脖子",所以才用自己做诱饵的。

托米在前，猎犬在后，在雪野上横穿而过。这时，"砰"的一声枪响，托米感到侧腹就像被什么东西给烫了一下。于是，它一下子就明白了，原来敌人还不只猎犬！可是，现在顾不了许多了，托米强忍着疼痛，一口气跑出了五千米，接下来又跑出了十千米。

它跑着跑着，眼前出现了一个铁路岔口，它先跑出了一千五百米，接着再折返回来，然后往别的铁路线偷偷地跑去。

现在终于可以缓一口气了。猎犬沿着托米原来跑的线路追出了一千五百米，后来就迷失了方向，最后不得不放弃了。

而托米却在不知不觉间闯入了一片它不熟悉的领地。尽管此处离它的领地非常遥远，可是托米无论如何也要重返自己的领地，"白脖子"现在需要它。托米的伤口一阵阵地剧烈疼痛，肚子也非常饿。自己的领地里，到处埋藏着食物，像今天这样紧要的关头正好可以用上。因此，无论如何，现在必须回到埋食物的森林里，先把肚子填饱了再说。

就在这时，托米突然又听到猎犬的吼叫声。

托米大吃一惊，赶紧向山丘对面望去，这一看，它吓得差点儿晕了过去。

就见三十多只猎犬一边吼叫着，一边向山丘上攀登。显然，它们是追踪着托米的足迹气味跑过来的。刚才追赶自己的猎犬不过三四只，现在竟然一下子冒出来三十多只，更要命的是，猎犬的后面，还跟着十几个人。

托米被眼前看到的场面吓得浑身颤抖，立刻开始逃命。现在，它已经精疲力竭了，又没有了退路，只好向那片自己并不熟悉的陌生土地跑去。它不知该往哪儿跑，只能拼命向前。

就这样，托米从一个山丘奔向另一个山丘，不停地跑着。也不知跑了多长时间，一直跑到体力不支为止。

太阳仍然当空照着，此时，山丘上的雪都已经融化了，到处都是泥泞，托米疲惫不堪，浑身都是泥。它在心里暗暗祈祷着，盼望着夜晚快点儿来临。因为到了晚上，天气就会变冷，气温下降，河水就会结冰，这样它就可以把后面追赶的猎犬引到河边，使它们掉进河里了。

实际上，猎犬们也跑累了，那些跟在它们后边的猎人也都累得走不动了。现在只剩下猎犬的主人，也就是那个个子高高的少年在后面追了。

这位少年就是阿布，他长高了许多，现在已是青年人了。

那天，阿布参加了别的猎狐队伍，不过他这次并没有带上库拉。

此时，阿布才明白，这些猎犬追踪的原来是大山上的那只银狐。

十三

现在，疲惫不堪的托米依然在融化的雪泥里跑着，它呼吸困难，侧腹疼痛难忍，速度已经慢得不得了。

很快，它就跑到了一户有三间房子的农家，这户农家的门口恰好站着一个小女孩，她就是托米曾经见过的那个提篮子的小女孩。

托米赶紧爬到了那小女孩的脚尖前面，然后就趴在那儿不动了。为什么托米一见是那个小女孩就这样做呢？连它自己也不清楚，冥冥之中，它就觉得好像这个小女孩是上天派来救自己的。

见到那么多猎犬在追赶着这只狐狸，小女孩赶紧把托米带回家中，然后顺便关上了门口的窗户。

那些追赶托米的猎犬很快就都涌到了这家农户的窗前，它们不停地狂吠着，乱成了一团。随后，猎人们也赶来了。

"把那只狐狸交出来！"

猎人们在门口叫道。

这时，小女孩的父亲从房子里走了出来。他大声嚷道："进了我家就是我的了！"

围在外面的猎人们当然不答应了。女孩的父亲开始变得焦躁不安。尽管这个小女孩尖叫着不让父亲把这只可怜的狐狸交出去，可是父亲捂着耳朵就是不听，因为他非常清楚：如果继续庇护这只浑身是泥的狐狸，难免与村里人发生争执，这样一来，很多乡邻就被他得罪了。

这时，外面的那些猎人提出一个折中方案，双方各让一步，小女孩的父亲不用直接交出狐狸来，而是先把它放出来，让它跑出四百米以后，再让猎犬去追。小女孩不答应，她大声地嚷道："不行！你们不能杀死我的狐狸！"可是，她最终还是拗不过父亲，不得不打开门，把这只狐狸放了出去。

托米再次开始了逃命！刚才在小女孩家中的短暂停留，使它恢复了一定的体力，现在，它又打起了精神。托米先在山脚下绕行，随后很快就又跑到了山丘上，接下来，它再次向大山的山腰跑去，终于又回到了自己熟悉的领地。

托米正拼命地向前跑着，没想到身后突然传来了另外一只狗的叫声，原来是库拉。

托米九死一生好不容易才回到自己熟悉的这片土地，后面的三十几只猎犬还没甩掉呢，万万没有料到讨厌的库拉——这个身强体壮的大家伙竟然出现了！与身后那三十几只猎犬相比，库拉离得最近了，托米刚从它身边经过，它立即就蹿出来紧追。

为了逃命，托米现在跑得连脚掌心都磨出血来了，可还是不敢停歇。它决定还是用旧招，往悬崖上那条羊肠小道上跑，再次把库拉引到那里，可是库拉一阵猛烈的吼叫声使托米不得不改变了主意，掉头向河边跑去。

现在，太阳已经落山了，晚霞把河水照得很亮，河面上漂满了大大小小的冰块儿。

猎犬的叫声一声声逼近了，眼前的河面却宽阔无比，没有任何退路了，要想逃生就只有渡河了。

托米没时间多想，迅速从岸上跳到了漂过来的一块大冰块儿上，接着，它接连从这块冰块儿跳到那块冰块儿，最后，它跳到了一块离河岸比较远的冰块儿上，那块冰摇摇晃晃，载着托米顺流而下。

库拉追到了河边，也跳上了一块浮冰，这块浮冰剧烈地摇晃着沿河顺流而下。

托米和库拉踏着浮冰在河水中顺流前进，很快，前面传来大瀑布哗哗的流水声。

阿布也赶到了岸边。

就在这时，情况发生了变化，托米所踩的那块浮冰开始向岸边漂去，而库拉脚下的那块浮冰却漂向了河心。

那三十多只猎犬现在都到达了河岸，还没来得及采取行动，就见托米和库拉的身影在河的转弯处一闪而逝，随即，传来库拉那长长的惨叫声……

不知不觉，六月份又到了，六月的山谷美丽迷人。在森林里生活的动物们，每天都沐浴着大自然的恩惠。

这天，在美丽静谧的山间小路上，出现了两个年轻的恋人，他们手牵手，在这里散着步，那男孩身材魁梧，个子高挑；那个女孩长着一双美丽的蓝眼睛，迷人极了。

两个恋人登上了一个山丘，然后并肩站在那里，欣赏美丽的落日。

一切都静悄悄的，两个恋人默默无语。

在开满鲜花的土坡上，悄无声息地跑出来一只狐狸，似乎一点儿也不怕被这两个年轻人看到。它发出一声极其轻柔的叫声，随即，从附近立刻跑出来一只只可爱的小狐狸。

狐狸妈妈脖子上长着一圈白色的卷毛，就像围了一条白色的围巾似的。

狐狸妈妈一边温柔地守护在自己的孩子们身旁，一边仔细地察看四周的动静。

很快，草丛里有什么东西动了一下，紧接着就出现了一个黑色的动物。它浑身上下都是黑色，嘴里叼着猎物。

那个男青年盯着狐狸爸爸看了半天，看着看着，他忽然对女孩说："是它！居然是它！看来到底是它赢了！"

那女孩也叫了起来："啊！它就是我的那只狐狸！"

当然啦，狐狸爸爸就是托米，狐狸妈妈自然就是"白脖子"了。

三年前的那次追捕行动中，猎犬库拉所踩的浮冰被河水冲到了河中央，在河的转弯处被激流卷下了大瀑布，猎犬库拉就这样被淹死了。而托米脚下所踩的冰块儿在被岸边凸出的岩石撞碎的瞬间，托米迅速地游到了岸边，终于死里逃生。

托米大难不死，幸运地活了下来，它和"白脖子"又过上了平静的生活。

此时，一抹晚霞从对面的山顶照了过来，这一对恋人身上立刻蒙上了一道美丽的光圈。

看到银狐一家这样幸福地生活着，两个年轻恋人心中的爱火也熊熊燃烧了起来。

白驯鹿的传说

一

几座高耸的山峰上银光闪闪,皑皑白雪笼罩着整个山谷。

而在山谷中间那一片辽阔的平原上,积雪却已消融殆尽,只残留下一星半点儿的白色。

这真是一片怪异的平原!地面上满是岩石和一些贴

着地面生长的矮草,一棵大树也没有。仅有的一些小树,长得都弯弯曲曲的,根本就长不高。强风不断吹来,所有这些一起构成了这片土地上独特的奇观。

这块神奇的土地位于一个神奇的国度——挪威。挪威地处北欧,是欧洲最北部的一个国家。与欧洲南面的国家相比,挪威的冬季极长。即使到了夏天,山顶上还是布满了积雪;而溪谷间的雪水冻结形成的冰河也常年不会融化。

现在挪威的山地正是严寒与太阳交锋最激烈的时候。白天,阳光普照,大地都被照得暖洋洋的;但一到了晚上,严寒就用它那巨人之力把地上的温暖给驱走了。

但春天的气息却是不可阻挡的。寂寞了很久的天空不时会有小鸟的身影飞过;向阳那面的岩石上,一些高山植物静悄悄地绽放出朵朵美丽的小花,这些小花迎风摇摆,似乎举着一面面小旗在欢快地宣布春的到来!

山坡下的一条小河也融化了,河水欢快地唱起了春天的歌:沙啦、沙啦、沙啦……老斯贝卡姆住的那间小屋挨着一条小河,这条小河的冰也融化了,水车开始"咕咚咕咚"地转了起来。

流水声和水车声齐鸣,声音再响亮,也掩盖不住那清脆明亮的鸟鸣声,它的歌声似乎在歌颂着:"挪威,万岁!"

好奇怪的鸟啊!它就站在水车上不停地唱着,随着水车的滚动,"扑通"一声钻进了水里,又在水中散起了步。

人们将这只鸟称作"森林精灵",也有人认为它不是只鸟,而是一个小人。

传说很久很久以前,在挪威的山上住着一群小人妖,而这只能够在水底散步的鸟就是那个小人妖。

"太阳快要落山了。"老斯贝卡姆听着小鸟的叫声,望着对面的山峦自言自语。

奇怪!那是什么?在向远山绵延伸展的一片银白中,有一大片茶色的土地似乎在微微地颤动着。地面居然在动!难道是妖精出没,震动了这片土地?当然不是了,那块看上去微微颤动的土地实际上是移动的驯鹿群。

二

在这群移动的驯鹿群前面领头的是一头健壮的母驯鹿。虽然这个鹿群里有很多雄驯鹿,它们的鹿角长得也特别漂亮;虽然一般动物群的首领都是由雄性来担任,但是那头奔跑在最前面的母驯鹿才是这群驯鹿当之无愧的领导者。

现在,这位驯鹿首领好像突然意识到了什么,其他的驯鹿都是一边吃草一边慢慢地前行,唯独它心事重重地、一动不动地站在那里。它嘴里衔着青草,目光呆滞地望着远方,很快它似乎又清醒了过来:"这样下去可不行,自己不能擅离职守,必须赶紧跑到驯鹿群的前头。"于是,它就向前微微探出了蹄子,好像要走动。

可是它的蹄子并没有很快落下来,它就这样站在原地,保持着这个姿势站了很久,眼睛一直注视着远方的森林。

到了冬天,驯鹿群一到了晚上便会走进森林,因为夜晚的森林要比夜晚的平原暖和得多。可是现在，这些驯鹿应该不会走进森林里去了，因为此时的夜晚已经开始变暖和了，不需要躲到森林里去了，何况森林里还有很多马蜂。驯鹿首领当然明白这一切，可它就是管不住自己，眼睛一直固执地注视着森林的方向。它的目光显得极其迫切："啊！真想再回到森林里去啊！"

驯鹿们一边吃草，一边从驯鹿首领的身边走了过去，最后，驯鹿们的身影就都消失在远处的山坡上了，可是驯鹿首领却没有跟过去，最后，它孤零零地走进了那片满是蜂群的森林里。它不会是想离开伙伴们一段时间，单独去一个什么地方吧？

驯鹿首领缓缓地渡过了一条小河，河水抹去了它的脚上携带的气息。现在，不管是敌人还是同伴们都无法再找过来了。它走进森林中一片被岩石围住的地方，周围的树木和高大的蔓草遮住了它的身体。

很快，就见驯鹿首领用脚尖拨弄着一团白色的东西，随后又用舌头不停地舔舐着，天哪，原来是一头浑身雪白的美丽的小家伙！这不为人知的一幕，恰巧那只被人们称作小人妖的小鸟看在了眼里：原来，驯鹿的首领在此产下了一头美丽异常的雪白的小鹿!小人妖再也抑制不住自己内心的激动,欢快地唱道:"挪威,万岁!"

三

母子俩终于从森林平安地返回了鹿群,母亲仍然是鹿群当之无愧的首领。

老斯贝卡姆有一个朋友名叫劳尔,他的性格极其暴躁。

一天晚上,劳尔来到山间的那条小河边,他忽然看到远处有一个白点。"哎呀!那地方的雪难道还没有化吗?"劳尔暗自琢磨着。

这时,那片雪却开始动了。

"哈!总算是化了。"劳尔刚要喊,可仔细一看:天哪,哪里是雪啊,原来是一头小白驯鹿!这个小家伙其实一直就待在驯鹿群中,只不过驯鹿们身体的颜色已经与周围的景色融为一体了,轻易看不出来。

驯鹿群中也有其他的小驯鹿,它们都围在这只小白鹿的身边。

与其他同龄的小驯鹿相比,小白驯鹿显得既强壮又聪明,当那些体弱又不听话的小鹿们一个个死掉的时候,它却一直健康地成长着。它把妈妈说过的话都牢牢地记在了心里,每当听到妈妈跺蹄子的"咔嚓、咔嚓"声,它都会一跃而起,飞快地跑远。

小白驯鹿和鹿群里的那些成年鹿都明白,"咔嚓、咔嚓"的跺蹄子声,就是敌人来袭的警报声。"咔嚓、咔嚓",警报一响,小白驯鹿就会立刻向妈妈身边靠去。

而每到这时,它的小伙伴中总会有一个,呆头呆脑地做了敌人的美味点心。

小白驯鹿不停地学习着各种各样的经验,慢慢地成长着。不知不觉中,它的头上渐渐地长出了尖锐的鹿角。

有一天,"咔嚓、咔嚓……",报警的蹄音响成了一片。鹿群正提心吊胆之际,从岩石上突然蹦出了一只凶猛可怕的狼獾,径直向站在最前面的小白驯鹿扑了过去。小白驯鹿立刻叉开了四条腿,把自己尖利的鹿角对准了敌人。

狼獾本打算扑咬小白驯鹿的后背,没想到却一下子撞到了锐利的鹿角上。

狼獾被尖利的鹿角刺中了,而小白驯鹿也由于冲力过猛扑倒在地上。这时,站在它身边的妈妈立刻向敌人发起了反攻。

小白驯鹿再次跃起,用自己短小但尖锐的鹿角向敌人刺去。狼獾很快就倒地身亡了,可是小驯鹿还是不停地向它刺去,狼獾的血渐渐染红了它的头和犄角。

平日看起来极其温顺的小白驯鹿,没想到在强敌面前却变得如此勇猛,这成为它一生不变的品格。正因为它凶猛无比,后来几个打它主意的猎人都险些丧命。

四

到了第三年秋天,老斯贝卡姆对他的朋友劳尔说:"捕猎驯鹿的时候快要到了。"他们总是集体上山捕猎驯鹿,然后挑一些驯鹿帮他们拉雪橇。

符合条件的驯鹿首要的就是身强体壮、外形漂亮。

而老斯贝卡姆和劳尔从一开始就看中了那头白驯鹿。

它是驯鹿里面最出色的。和别的驯鹿相比,白驯鹿看起来更具有吸引力。它的鹿角特别结实有力,身体极其健壮,鬃毛还异常稠密,加上它那雪白的身体,无论从哪个角度看都是当之无愧的驯鹿之王。

"走到近前看,它一定会更出色,我们就用这头白驯鹿来拉雪橇吧!"劳尔和斯贝卡姆老头儿就这么单方面地决定了。

可是,要想让一头驯鹿来拉雪橇并不像人们想象得那么容易。在大自然里自由生活惯了的驯鹿,无论如何都不会听从人的摆布,要想驯服它们可得花很多的时间。

有两个办法可以驯服驯鹿,一个是花费很长时间亲切地对待它们,一点儿一点儿地将它们驯服;另外一个办法就是严厉地对待它们,让它们放弃反抗,绝对地服从人类。

斯贝卡姆老头儿决定开始驯服白驯鹿了。

"喂,你想练习拉雪橇吗?"老头儿温和地对白驯鹿说道,"不过呢,得先给你起一个名字,叫什么名字好呢?嗯,就叫斯图尔巴库(强大的马的意思)怎么样?

听起来很大气啊！对了，就叫你斯图尔巴库吧！"

就这样，这头白驯鹿就有了一个名字：斯图尔巴库了。

"喂！斯图尔巴库，跟我拉雪橇去吧！"

老头儿还是一脸的和颜悦色，可白驯鹿还是不肯听话。

劳尔终于忍不住了，他焦躁地说道："你跟它这样温和有什么用？还是让我来驯服它吧！我一定会让它听话的。"说完，他取过缰绳，冷不防地抽打在白驯鹿身上，"你这家伙！太小看人了！"他大声训斥着。

这时，白驯鹿闪电般地扬起后腿踢向了劳尔。

"哎呀妈呀！可恶的家伙。"劳尔大吃一惊，一把推翻了雪橇，赶紧钻到了雪橇下面，避开了驯鹿的攻击。

从此以后，无论如何，白驯鹿就是不服从劳尔的命令；相反，它对老斯贝卡姆倒渐渐地适应了起来，开始一点儿一点儿地听他的话了。

五

白驯鹿完全适应了拉雪橇之后，老斯贝卡姆便对它说:"斯图尔巴库,你参加这次的拉雪橇比赛吧!我相信你一定能得第一。"

后来,斯图尔巴库和老头儿果然在拉雪橇比赛中获得了第一名,而且还不止一次获此殊荣。就连绕湖一周的八千米赛程比赛也获胜了。

斯图尔巴库每获胜一次,老头儿就给它头上系一只小银铃,随着一场又一场的比赛,它头上银铃的数量也在不断地增多。于是,在一片悦耳的银铃声中,斯图尔巴库的每一次出场都更加神采飞扬了。

后来有一场赛马比赛,有一匹叫布尔达的马得了第一名,为它的主人也赢得了一大笔奖金。

老斯贝卡姆走过去,让布尔达的主人看了看白驯鹿比赛获得的奖赏,随后,他对马的主人提出了挑战:"让你的马同我的斯图尔巴库比赛一下怎么样?胜了的一方可以拿走另一方以前得到的奖金。有没有勇气接受这个挑战啊?"

"好啊!来吧!我们奉陪!"

马的主人立刻接受了这个挑战,他心中暗笑:"我的马怎么会输给一头驯鹿呢!"

"好！就这么说定了。斯图尔巴库，加油啊！"老斯贝卡姆抱着白驯鹿的头，鼓励它。人们规定马和斯图尔巴库比赛绕湖一圈，它们俩并列起跑。

"开始！"

随着"砰"的一声枪响，马和驯鹿都跑了出去。

马一下子冲在了前面，驯鹿则落到了后边，很快，马就甩出了白驯鹿很远。

"斯图尔巴库，加油！"人们纷纷给白驯鹿鼓劲儿。斯图尔巴库迈开大步，四蹄扬着雪尘，不停地向前奔跑，速度渐渐地快了起来，不过，马还是一直处于领先的位置。

跑到中途，马逐渐偏离了路线，也许它过于着急了，所以绕圈时转了大弯。

斯图尔巴库的速度则越来越快，它和对手的距离也在一点儿一点儿地缩短。"好啊！斯图尔巴库！加油！"老头儿大声喊。

驯鹿紧追不舍，它同马逐渐逼近了。

跑到了拐角处时，驯鹿和马又并驾齐驱了。

"布尔达，不能输给它！"

"斯图尔巴库，再加把劲儿！"

人们也纷纷呐喊助威。

没跑多会儿,马的脚下突然刺溜一滑,失去了平衡,这时,驯鹿一口气超过了马,在人们的欢呼声中冲向了终点。

"万岁!"

斯图尔巴库获胜啦!

六

"老头儿,恭喜你啊!"劳尔向斯贝卡姆表示祝贺,接着说道,"老头儿,能不能让我坐一下斯图尔巴库拉着的雪橇?我也想体验一下雪橇跑起来风一般的感觉。""没问题!你坐上去试试吧!"

劳尔一坐上雪橇,白驯鹿就快速地跑了起来。劳尔坐在雪橇上,变得像老斯贝卡姆坐在上面一样,神气活现。

驯鹿一路跑着,劳尔的心情爽到极点了!一不小心,他那暴躁的脾气又犯了。

"再快点儿!"劳尔"啪"的一声抽了驯鹿一鞭子。

没想到，驯鹿突然站住不动了，它立在那儿，一动不动，回过头来斜眼瞪着劳尔。

"快帮帮我！"劳尔赶紧从雪橇上跳下来，然后又像上次一样蜷起了身子，躲在了雪橇下面。

驯鹿斯图尔巴库打着响鼻，把雪踢得到处都是，不停地用角掀着雪橇，向劳尔发起了攻击。

这时，人群中跑出来一个小男孩，走近了这头暴跳如雷的驯鹿。

"危险！"人们不由得倒吸了一口冷气。没想到这时小男孩已经把鹿头抱住了。

好奇怪啊！那头暴怒的驯鹿立马就平静了下来。

原来，这个小男孩就是老斯贝卡姆的儿子小库努克，他同自己的父亲一样爱着斯图尔巴库。

这一天发生的事，使白驯鹿和老斯贝卡姆一下子名声大振，很快，他们两个的名字就传遍了整个城市。

"那个斯图尔巴库可真是神速啊！它拉着那个老头儿乘坐的雪橇，二十分钟就跑完了一百千米的路。"

"据说雪崩的时候，斯图尔巴库把它那个村里的人全都救出来了。"

故事越传越神。

不久，斯图尔巴库果然因为救人立了大功。

有一天，小库努克在结了冰的河面上玩，不小心把河里的冰踩破了，眼看就要被淹没时，斯图尔巴库冲了过来，跳进了冰冷的河水，把他给救了出来，一直驮到了岸边。

斯图尔巴库可真是一头既勇敢又善良的驯鹿啊！

七

挪威和瑞典本来是睦邻友好的国家，可是这两个国家也要打仗了！"这可如何是好呢？"

整个挪威的街头巷尾，人们三个一群五个一伙，议论纷纷。

一张熟悉的面孔总是出现在人群聚集比较多的地方，这个人的名字叫布尔古雷宾科，名字有点儿长，为了叫起来方便，我们就称他为布尔古吧。布尔古头脑特别聪明，还很有钱。他总是在人群里喋喋不休地发表战争的言论:"我们应该为了自由而战!不打仗,就得不到自由。只要我们每个人都拥有了战斗的精神,强大的力量就会成为我们的伙伴。"

人们担心的是单凭自己的力量不足以取胜,因为战争是需要强大的伙伴的。可布尔古却说那个强大的伙伴就是所有人的战斗精神构成的"强大的力量"。

可是,人们对他的这番言论听不太懂。他们只知道这个人很有钱,又是国会议员,认识很多有实力的政治家,而且都觉得他是一位爱国者,说的话一定没错。

布尔古到处忽悠民众,反复地向聚在一起的人们重复上述的言论,每次都要说上好几遍。

同样的话听得多了,人们渐渐觉得布尔古所说的话也不无道理了。起初他们还曾怀疑过,后来就认为"那应该是正确的""不会错了",到了最后,他们都觉得那些话是"绝对正确"的了。

到了这个时候,布尔古便开始鼓动众人签名了:"好!作战之事就这么定了。那么,为了表示自己作战的决心,大家就签个名吧!你签名了,其他的人也会跟着签名,这样一来,支持我们的朋友就会多起来,要知道,增加我们的朋友人数也是很重要的一件事。"

人们都觉得他的话千真万确。

实际却不然,这是一个彻头彻尾的可怕圈套。

原来,布尔古瞄准了挪威首相的宝座,可一直没有机会,所以不能如愿以偿。为此,布尔古想出了这么一个办法,以同瑞典的战争为借口,欺骗那些不知道自己真实想法的对手,征集他们的签名,作为他们叛国的证据,然后再给他的对手安上叛国的罪名来加以惩罚。而他自己呢,作为从战争中拯救挪威的英雄,立此大功,首相的位置自然非他莫属了。

八

布尔古到处参加集会,喋喋不休地演讲,不停地向人们灌输他的理念。看火候差不多了,最后他便鼓动人们赶紧签名:"快签名吧!你看有这么多的签名,这么具有实力的同伴的签名!"

布尔古的同伙们一个接一个地签名了。他们都说:

"大家都签名了,所以我也签名。"

"看到了吗?这是爱国者的签名。签名的人越多,战争胜利的希望就越大。快来签名吧!"布尔古满腔热情地对人群呐喊。

签名的人越来越多。

冬天到了。片片雪花漫天飞舞,整个挪威覆盖在一片积雪之中。

尽管头上雪花飞舞,人们还是四处集会,不停地商谈战事。布尔古仍是一如既往,每天穿行于这些集会之间,四处征集签名。

尽管布尔古非常卖力,可他真正想要的签名却一个也没有得到。因此他不得不征集更多的签名,以引诱他的对手们把名字也签上。

重要人物集会的日子越来越迫近了。

这次,布尔古下定了决心,无论如何也要得到那些人的签名,这样他才有机会当上首相。

在重要的人物集会的日子到来之前,布尔古还想参加另外两个重要的集会,因为那两个集会里也聚集着一批知名人士。

其中的一个集会聚集了二十人左右，布尔古像之前那样发表完演讲之后，照例拿出一张纸来，鼓动人们签名。

人们一个接一个地都签名了，最后，这张签名纸落到了一位老人手里。

"抱歉。"那位老人说道。

"为什么？难道您就没有一点儿作战的勇气吗？"布尔古问道。

老人说："不，不是您想的那样。我是个文盲，既不认识字，也不会写字。"

"既然如此，那就算了。"布尔古和其他人都同意了。

集会一结束，那位老人走了出来，外面有一头雪白的驯鹿正拉着雪橇等着他呢。

这位老人就是老斯贝卡姆，那头白驯鹿自然就是斯图尔巴库啦。

在集会的一开始，老斯贝卡姆就觉得布尔古的话值得怀疑，所以没有签名。

九

也许因为老斯贝卡姆长期生活在大自然的怀抱里，大自然既严厉又慈爱，绝不撒谎，所以他才会一眼看穿布尔古的谎言吧！老头儿一走出集会，就向其中的一个同伴打听："刚才你签名的那张纸上签着布尔古的名字吗？"

那个人马上一脸的惊慌，连说："没有，没看到！"

"果然如此！我觉得那个男人相当可疑，我要把这件事通知给参加下一个集会的人们。"

可是布尔古已经乘上了一匹快马拉着的雪橇，向下一个集会所在的城市走了有一会儿了。

老头儿赶紧把斯图尔巴库头上的银铃都解了下来——因为银铃一响，自己的行踪就暴露了。然后，他坐上雪橇，大喊一声："出发！"雪橇便悄无声息地飞一般地滑了出去。

斯图尔巴库加快了速度。它可是同一匹脚力最快的马比赛时获胜的冠军驯鹿啊！它奔跑起来简直就像飞一样。

眼瞅着同布尔古乘坐的雪橇越来越近了，如果照此速度前进，马上就能追上布尔古乘坐的雪橇，而且还能在到达森林的拐弯处超过它。可要是那样的话就会被布尔古给发现了。

"噢，斯图尔巴库，咱们得慢点儿了。"老头儿说完，斯图尔巴库就放慢了速度。

很快，森林就临近了。

布尔古的雪橇刚好走到了森林的拐弯处。

而老头儿却拐向了河那边，那里没有路，只有一条冻得结实的河。

老头儿赶着雪橇在结冰的河面上跑了起来，直奔一条近道。

"斯图尔巴库，这回竭尽全力地跑吧！可劲儿跑吧！"

老头儿刚说完，斯图尔巴库立刻就飞奔起来。

这样一来，老头儿和斯图尔巴库一点儿也没让布尔古发觉，还早到了很长时间。

老斯贝卡姆一赶到那个城市的集会场地,就立刻告诉人们签名很危险。

老头儿刚说完,布尔古就来到了会场。他照例又宣传了一番他的理论,之后拿出纸来,让大家签名。

可这回却没有一个人签名。

"怎么回事啊?我以前可征集了很多的签名啊!"布尔古说。

还是没人肯签名。

布尔古疑惑不解,不停地打量着集会的人群。突然,他在人群中发现了一个人,不由得惊叫了一声,原来是那个留着白胡子的老头儿,这个人在上一个集会中就没有签名,而现在,他又跑到了这个城市的集会上,看来,这事一定与他有关。

可是,他又觉得有什么不对头——"那个老头儿怎么会这么快就出现在这个城市呢?刚才我可是最先离开的,乘坐的还是一匹快马拉的雪橇。"

布尔古觉得此事非常奇怪。不过,狡猾的他却假装没看到那个老人。

不久,舞会开始了,这是布尔古以欺骗为目的而举

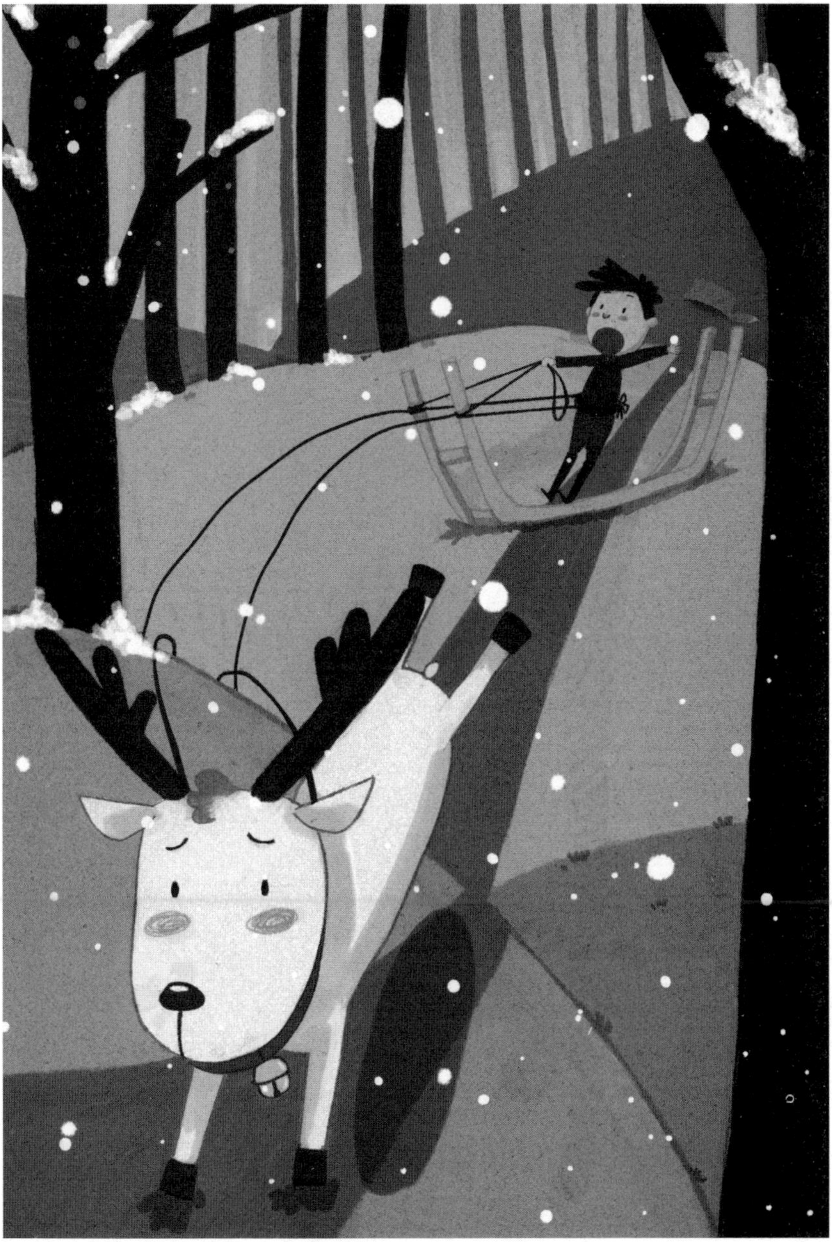

办的一场带有政治色彩的舞会。

舞会上，布尔古听到了人们这样的谈话："知道吗？那头有名的白驯鹿也到我们这儿了。"

"是啊！据说它跑得特别快。"

"岂止是快，简直就像风一样。它就是同一匹快马比赛而获胜的那头驯鹿啊！"

"那它的主人是谁啊？"

"好像是斯贝卡姆老头儿吧！"

听了这些话，布尔古终于恍然大悟，难怪那个老头儿会比自己更快地到达这座城市。

之后他又动起了歪脑筋：我一定要想办法把白驯鹿从这个老头儿手里弄过来，下一个城市正好有一个更重要的集会，这样我就一定会最先到达那里。就这么办！

于是，布尔古便请这个城市的头面人物出面，替他向老头儿求情，借用一下他的白驯鹿和雪橇。

十

说实在的,老头儿真不想把驯鹿和雪橇借给他,可是既然这个城市里最有名望的人都出面说情了,他没法再拒绝。只好把自己的白驯鹿和雪橇都借给了布尔古。

老头儿将布尔古带到了白驯鹿的身边。驯鹿睡着了,一听到老头儿的声音,就慢吞吞地站了起来,看样子还没睡醒。

看到动作迟缓的驯鹿,布尔古非常着急,冷不防地狠狠踢了驯鹿一脚。

"呜——"白驯鹿大叫一声,鼻子里使劲地喷着白气。

"不许踢我的驯鹿!"老头儿生气地喊道。

布尔古冷笑了一声,坐上了雪橇。

"我和你一起去。"老头儿说道。

可是布尔古却对老头儿说道:"我有急事,不能带你去。你呀,还是坐马拉的雪橇去吧!"

老头儿实在没办法,只好乘坐马拉的雪橇。

可是布尔古早已暗中叮嘱过那个赶雪橇的人了："要尽量跑慢些。"

布尔古把自己绑在了雪橇上，以免白驯鹿全速奔跑时，自己从雪橇上被甩下来。

第二天黎明时分，乘坐马拉雪橇的斯贝卡姆老头儿对着驯鹿说了一声："出发！"拉着布尔古的白驯鹿就像离弦之箭般飞了出去。速度如此之快，布尔古要是没有事先把身体绑在雪橇上，一定会被甩出去的。布尔古不由得火冒三丈，可是见老头儿乘坐的雪橇被自己远远地甩在了后面，他的怒气才慢慢地平息下来。

白驯鹿蹄下雪花飞溅，就像腾云驾雾一般。

布尔古的心情一下子变得好了起来，没想到世上竟然有这样的动物，拉着雪橇还能跑这么快，真是太难以置信！它上坡和下坡时简直没有两样，飞一般地就爬上去了。

白驯鹿的速度如果稍慢了一点儿，布尔古就会大声吆喝："快点儿！再快点儿！"

当然了，说它的速度慢下来一点儿，也是相对于它自己的速度而言的，与其他的动物相比，它还是快得不得了，简直像飞一样。

狂风开始怒吼，暴风雪快要来了。白驯鹿非常清楚即将面临的情况，因为它已经从空气中嗅出了暴风雪的气味。

可布尔古却什么也不知道，见白驯鹿速度慢下来一点儿他就特别生气，于是便用鞭子"啪、啪"地抽打白驯鹿。

"快跑！快！快！"布尔古一边呐喊一边使劲地鞭打，鞭子就像雨点般落在了驯鹿身上。驯鹿一下子跳了起来，雪橇马上就要翻了。

驯鹿眼睛里喷射出愤怒的火苗，它开始用迅猛异常的速度跑了起来。冰雪覆盖的大地呼呼地在它身后飞过。

雪花随风飘落下来，很快就演变成了暴风雪。驯鹿喘着粗气，在风雪交织的恶劣天气中奔跑着。

就在这时，被人们称作小人妖的小鸟不知从什么地方冒了出来。在这暴风雪的黎明，它是从哪儿飞来的呢？我们不得而知。只见它停在石头上，叽叽喳喳地大声地歌唱起来，似乎在唱着挪威的命运与挪威的幸运。布尔古也听到了这只小鸟的叫声，可他并不知道这叫声来自哪里。他把手放在胸前，下面的衣服口袋鼓鼓囊囊的，里面塞着签有很多人名字的名单。

要是在下一个城市能顺利地征集完签名的话,他就能当首相了。

"看来这是挪威的命运,也是挪威的幸运。"布尔古暗自高兴,"胜利就在眼前了,必须尽快到达下一个城市。"于是他更加频繁地抽打起白驯鹿来,"啪、啪、啪!"……黎明的平原上,一溜儿雪烟飞卷而过,白驯鹿拉着的雪橇如风般飞驰着。

在迷蒙的雪雾中,人和雪橇都变成了白色。

在平原的边儿上居住着一户人家,他们看见窗外白光一闪,就像亡灵一闪而过,不禁毛骨悚然,他们依稀还记得那雪橇上的白色的幽灵一直在挥舞着手里的鞭子。

十一

道路渐渐变得曲折起来。

白驯鹿终于忍无可忍了,愤怒的火山就要喷发了。

小鸟的歌声还在它的耳边回响,多么亲切啊。在老斯贝卡姆家附近的山上,这歌声曾迎接它来到这个世界。

白驯鹿聆听着小鸟的歌声,速度不知不觉就又慢了下来,布尔古急了,于是更使劲地抽打起它来,边抽打边骂:"你这混账!"

白驯鹿突然来了一个一百八十度的大转身,在极速的奔跑中,这样冷不防地转身,是极其危险的。

雪橇瞬间就翻了过去,扎进了雪里。驯鹿于是不管不顾地奔跑起来,雪橇被摔得支离破碎,因为布尔古事先把自己的身体绑在了雪橇上,因此他和雪橇一起被驯鹿拖得在雪地里不停地翻滚,磕磕碰碰,吃尽了苦头。

白驯鹿这样一个急转,不仅是为了听到小鸟的歌声,更是想把雪橇上那个讨厌的男人甩掉。可是,没想到那个人却死抓着雪橇不放。

布尔古费了老大劲儿才恢复了原来的状态,没想到,白驯鹿却朝着小鸟发出歌声的方向跑去了。布尔古再次愤怒地抡起了鞭子。

这时,那只小鸟机敏地飞到了白驯鹿鹿角上,大声地歌唱起来：

"幸运的日子！终于到来了！挪威的诅咒，终于被抹去了！"

听到这个声音，布尔古越发恼火了。

听到小鸟的歌声，白驯鹿飞快地冲向凹凸不平的雪地，雪橇"吧嗒、扑通"地弹跳起来，紧紧绑在雪橇上的布尔古就和雪橇一起，被猛烈地颠了起来，一会儿弹向空中，一会儿又摔回了地面。

"你这个混账东西！你给我听话！"布尔古发疯地抽打着白驯鹿，想让白驯鹿按着自己的想法往前跑。

可是，白驯鹿再也不会听他的摆布了，无论他怎样抽打，它还是向着自己想去的地方飞奔。

很快就到了一条布满岩石和树木的山道，路难走极了。

布尔古没有办法，使出了最后一招，他从布袋里拿出了小刀，抓住刀柄，瞄准了驯鹿的后腿。他想切断驯鹿后腿上的筋，强行让它停下来。

布尔古使劲地向驯鹿的腿上扎去，就听"咔"的一声,白驯鹿飞速移动的后腿把小刀弹向了暴风雪肆虐的天空。

白驯鹿不再是大步流星地奔跑,而是一路上跳跃着飞奔,雪橇和布尔古就都随着白驯鹿的跳跃而上下起伏。

布尔古一路上不停地呐喊咒骂,最后,他无能为力了,只能呼求神的帮助。

驯鹿的眼睛里早已布满了鲜红的血丝,鼻子里喷出来的粗气足以把暴风雪吹走,这会儿,它登上了一个高低不平的山冈,它到底要去哪儿啊?那是白驯鹿斯图尔巴库渴望已久的地方。它上坡、下坡,活像一只乘风破浪飞行的海鸟;它箭一般地飞驰在暴风雪中,如同一只擦过海面的海鸥。

啊,那远方的山峰,那远离人类的大自然,正是它和母亲以及伙伴们一起生活过的地方,真是令人神往啊!斯图尔巴库的目的地正是它日思夜想的家乡。

斯图尔巴库飞身踏上了那条暴风雪肆虐的山道,这是它同伙伴们奔跑嬉戏了五年的道路啊!

斯图尔巴库已经把身后的雪橇和雪橇上的人都给忘记了，现在，无论身后的人如何地殴打它、谩骂它，又是如何地哭天抢地，它都听不见了。

此刻，它心中就只剩下了一个念头："上山去！上山去！"翻过这座山，故乡就不再遥远了。

一路上雪浪飞腾，斯图尔巴库如疾风般消失在风雪迷漫的丛山间。

十二

铺天盖地的暴风雪，很快就把白驯鹿和雪橇的踪迹盖住了，它们就像突然从天地间消失了一样，没有人知道曾发生了什么，也没有人知道它们去了哪里。

只有一件事是再清楚不过了，那就是所有给布尔古签过名的人没有一人受到惩罚，因为布尔古和他的那些签名都不翼而飞了。

挪威与瑞典两国之间非但没有打起来，反而又和好如初了。

还有一点大家都非常清楚,那就是在老斯贝卡姆的手里还留着一大堆白驯鹿戴过的银铃。

"斯图尔巴库到底去了哪儿呢?有人曾见它在雪原上狂奔而过,不过,从此以后就再也没有谁见过那头白驯鹿了。"老斯贝卡姆喃喃自语地说着,长长地叹了一口气。然后,老头儿在斯图尔巴库挂铃的带子上又系上了一个特别大的铃铛,不管怎么说,斯图尔巴库这次挽救了很多人的生命,又立了一大功,理应受此殊荣。

从此以后,再没有人见过那头白驯鹿,也再没有人提到布尔古。

直到现在,在那遥远的群山间,还流传着这样一个故事:在一个暴风雪的黎明,狂风夹着大雪吹向了森林。突然,一头浑身雪白的高大的驯鹿,迎着暴风雪飞奔而来。它的眼中喷射出熊熊火焰,一路狂奔,任凭身后雪橇上白色幽灵般的男人喊破了嗓子也不停下来。最神奇的是,白驯鹿的角上,还站着一个穿着茶色衣服、长着白胡子的小人儿,他一路上都在欢快地又唱又跳,还不时向看见他的人鞠躬致意,嘴里不停地重复唱着:"挪威,万岁!白驯鹿,万岁!"这个小人儿与本文一开始讲的那只在河底散步的小鸟唱的是同一首歌。

留守的公雁

一

在广袤的大自然里,我们经常会听到大雁美妙的叫声。那叫声,总是会带给人深深的感动;那叫声中经常也会带有寂寞的味道!每当我听到大雁的叫声,喉咙就会发紧,眼睛就会发涩,接着忍不住就会流下泪来。

大雁的叫声就是这样,总是把我感动得一塌糊涂,因为那叫声总让我想起一些美好的事情。

记忆中有这样一个故事：

有一天，不知从哪儿飞来了一对大雁，一只是公雁，另一只是母雁。它们的脸颊上都长着一些白色的羽毛，十分漂亮。可不知什么缘故，它们的翅膀都折断了，一起飞落到了我家。我家住在森林里，周围环绕着纯净碧绿的湖水和高大茂盛的树木。很快，它们就在湖心小岛上安家筑巢了。

不久，母雁生下了几枚蛋，于是就开始不分昼夜地在巢里孵蛋。它特别有耐心，在窝里一待就是四个星期。除了每天下午外出觅食的半小时外，其他时间它总是一动不动地待在窝里，认认真真地孵蛋。

而那只公雁总是围绕着自己的巢飞来飞去，就像一艘巡逻艇一样。

公雁从来不孵蛋，母雁也从不会像公雁那样飞来飞去，它们彼此间分工十分明确，双方都非常认真，尽职尽责。

有一天，我突发奇想，想看看大雁的窝究竟是什么样的。受好奇心驱使，我便打算乘舟去湖中的小岛看看。

可是当我刚坐上船，开始划船的时候，就听到母雁发出一阵"嘎嘎嘎"的叫声，似乎在提醒着什么。

母雁的叫声响起之后，那只公雁也"嘎嘎嘎"地叫着回应，并且快速地飞向我的小船，它看起来非常愤怒，总是挡在我的小船前面，不停地叫喊着。公雁这种极端不友好的表现，使我不得不放弃了这次计划。

有很长一段时间我没有再去看这对大雁，这之后不久，雁巢里突然传来一阵阵幼雁清脆的叫声，原来，巢里那六枚蛋都成功地孵化了，小雁们一只接一只地破壳而出，它们的身体是嫩黄色的，浑身毛茸茸的，真是可爱极了。

小雁们出生后的第二天，就能下水游泳了。出巢时，大雁一家排成一列长队，母雁在前面带路，公雁在队尾守护。

此后，这一家八口每天都在湖里自由自在地游玩，每天出来都保持着这样一成不变的队形。

大雁并非自然界里的强者，在它们的成长过程中，总有许多天敌潜伏在四周，时时刻刻打着幼雁的主意。比如天上的鹰、水里的龟，还有陆地上的蛇和狗等动物。

不过，有公雁勇猛的防卫，这些敌人往往不敢轻易发起进攻。

年幼的大雁长到三个月左右大时，已经和他们的父母长得差不多大了，粗硬的羽毛也开始长了出来。四个月后，它们身上的茸毛就会褪尽，当它们羽翼渐丰之时，就开始练习飞翔了。

幼雁们长得很快。它们的翅膀因不断地训练而变得非常有力，渐渐地，它们飞得越来越高了，甚至可以在高空中振翅翱翔了。

它们的叫声也变得洪亮起来，在空中清晰地回荡着。

二

秋天到了，树叶渐渐变黄、飘落了，各种各样的候鸟陆续从北方飞来，经过这群大雁生活的湖面。

"嘎嘎嘎……"天空中传来一阵阵野生大雁洪亮的叫声，它们在空中排成巨大的"人"字形队伍，从遥远的北方千里迢迢迁徙而来。

听到空中群雁的叫声，生活在这片湖上的大雁一家也伸长了脖子，仰头呼应。

母雁带头下了水。它们"嘎嘎嘎"地叫着，就像你问我答似的。母雁似乎在询问自己的孩子："孩子们，我们和它们一起飞走如何？"而它的孩子们也似乎在齐声回答它们的妈妈："好的，妈妈，我们都准备好了，我们飞吧！"

随即，它们张开了翅膀，开始拍打水面。在水面上奔跑了一会儿，它们就都飞离了水面，飞上了天空。

一路上幼雁们都在兴奋地扇动着翅膀，奋力飞翔，它们想赶上前面的雁群，一起去南方。

幼雁们兴奋地鸣叫着，快速有力地拍打着翅膀。它们只顾自己飞翔了，飞了半天，突然发现自己的爸爸妈妈并没有出现在飞行的队伍中。

"快回来，孩子们，快回来！"这时候它们才听到父母亲那非常急切的叫声。

它们低头一看，见自己的父母正在拼命地用翅膀拍打湖面呢，湖面上泛起了一朵朵水花，可是，它们的身体却并未离开水面。

"爸爸妈妈怎么飞不起来了？"幼雁们在父母的头顶上盘旋着，慢慢地收起自己的翅膀，落到了湖面上。

原来，幼雁们的父母那双折断的翅膀还没有完全康复，在水面上无法受力。它们的父母还不能靠扇动翅膀将身体浮到空中。看来，直接在水面上起飞是不可能了，只能另想办法了。

母雁将幼雁们带到了湖的北边，这里的湖面非常辽阔，起飞前可以冲刺滑行比较长的一段距离，这样非常有助于起飞。

"孩子们，我们再来试试！"母雁对孩子们说道。

幼雁们一个接一个，就像出发到湖里游泳时一样，把母亲的话依次传达给了自己的兄弟姐妹。排在队尾的公雁最后有力地发出了指令："孩子们，起飞！"

"扑扑……"一阵翅膀扇动的声音，幼雁们用它们那带蹼的脚掌踩着水面奔跑，扇动的翅膀使它们慢慢地浮了起来。它们慢慢地飞高，可是很快它们就又发现，父母没有跟上来，接着，它们又听到父母焦急的呼喊声："孩子们，快回来！"

听话的幼雁们再次盘旋着降落到了湖面上。

幼雁们的父母现在还是飞不起来，它们奋力地拍打着翅膀，但受伤的翅膀使它们徒劳无功。

每一天，都有南飞的雁群从它们头顶经过；每一天，它们都能听见其他雁群的召唤。渐渐地，深秋快到了，天空中飞过的雁群也慢慢地变少了，每一天，幼雁们和它们的父母都会在湖面上练习起飞，而且一练就是二三十次，再着急，母雁和公雁还是飞不起来。

冬天来了，天空中再也没有南飞的雁群了，而这八只大雁始终没能飞向南方。因为公雁和母雁一直不能飞行，而幼雁们舍不得离开自己的父母，所以它们就都断了去南方过冬的念头，决定好好地陪伴在自己父母的身边。

一晃，冬去春又来了。天空中陆续出现了从南方飞来，要继续飞向北方的雁群，大雁一家又动了北飞的念头，可是，最后它们还是放弃了，因为公雁、母雁现在还是不能飞翔。

很快，夏天就到了，大雁一家又添了新的孩子。去年出生的幼雁和今年出生的幼雁生活在一起，公雁仍然一如既往地尽职尽责，守卫着自己一茬又一茬的孩子们，决不允许任何的天敌侵犯。

秋天又到了,天空中再次传来雁群的召唤,幼雁们还想去追随,但又都被父母叫了回来。现在,幼雁的数量已经是去年的两倍了。

难道这群大雁真的只能待在这片湖上,不能飞走了吗?

三

又过了一年,黄叶再次飘落,秋天再次来到之时,情况终于发生了变化。

像以前练习飞翔一样,公雁和母雁再次奋力振动翅膀,而这一回,母雁终于像孩子们一样飞起来了。母雁的翅膀复原了,现在换上了新的羽毛,它终于可以飞翔了。

母雁无比兴奋,带着孩子们向高空飞去。

可公雁还是不能飞上天空,尽管它一遍遍地在湖面上焦急地呼喊"回来,回来!"但是母雁已经飞远了,根本听不到它的声音,当然也没有声音来回应它,就这样,母雁和孩子们渐渐地从它的视野里消失了。

四

冬天慢慢地来临了,只要是看到天上有什么东西飞过,不管是老鹰还是乌鸦,公雁都会仔细地瞧上半天,但当它发现那并非自己的家人时,也就不再理睬了。整整一个冬天,结冰的湖面上就剩下公雁孤零零的一个。春天将至,湖面上的坚冰开始融化。天空中渐渐传来了雁群的叫声,公雁在渐渐融化的水面上来回游动,不时地回应着天空中的叫声。

可是,天空中出现的只是陌生的大雁,它们随意地问候了一声就飞远了。

公雁在渐渐扩大的水面上四处游动,它相信家人一定会回来的,因此,它一刻也没有停止对亲人们的呼唤。因为它知道,母雁和自己的孩子们说不定就在天空的雁群之中呢。

在自然界,大雁们对配偶都非常忠贞,从不背弃,即便自己的配偶已经死去。

四月,树木都长出了新叶,鸟儿们开始叽叽喳喳地鸣唱,万事万物都萌发了新的生机。然而,公雁盼望已久的家人还是没有音信。

每一天,公雁都会大声地对着天空"嘎嘎、嘎嘎"地叫。有一天,它叫着叫着,脖子上的羽毛渐渐地竖了起来,它突然变得兴奋起来。原来,此时正好有一丝细微的声音传入了它的耳朵,正是它朝思暮想的叫声。

这叫声渐渐地近了,越来越清晰了,很快,就见一群大雁纷纷地落在了湖面上,有十几只。

正是母雁和它的孩子们,它们游到了公雁的身边,不停地叫着,围绕在公雁的身边,伸长了脖子与公雁摩擦着,像是在问候,又像是在述说离别后的思念之情。

公雁终于和它的家人团聚了,它的家人一刻也没有忘记孤独地留守在这里的公雁。

每到秋天来临之际,不能飞翔的公雁还是孤独地留在这片湖面上,而母雁和它的孩子们则会随着雁群飞到温暖的南方。

可是每一年,当整个雁群开始向北方迁徙的时候,母雁就会和孩子们回到这里,和留守的公雁团聚在一起。

我住在靠近湖边的这片森林里,每当听到大雁的叫声,都会激动不已。

远古的记忆

一

很多人养过宠物,最常见到的宠物恐怕就是狗了,不管什么品种的狗,见到人的时候都会摇尾巴。可是,你知道狗为什么要摇尾巴吗?其实,这是它们的一种本能。这种动作与很久很久以前人们摇晃白旗类似,不一定代表投降,因为摇白旗表示投降还是后来的事。

狗和狼是近亲，它们的祖先具有相近的血缘关系。很久以前，狗就被人们驯化出来了。在它们未被驯化，还是野生动物之时，它们就已经把尾巴当旗帜来使用了。

在野生动物时代，它们把从未见过的动物一律视为敌人。它们通常隐藏在草丛或者灌木丛中，以便能够更好地掌握对手的情况。

当对手渐渐靠近时，隐藏起来的这只狗就已经把它的情况搞清楚了。

如果走过来的是同类，隐藏起来暗中观察的狗就开始琢磨了："这只狗是不是敌人？我们有没有可能成为朋友呢？"

当对手越来越近，自己迟早会被它发现，这时还不如自己站出来好呢，这样也许还能避免一场战斗。想到此，这只狗往往就会从隐身之处站起身来，一边伸展腰身，使自己看上去显得更高大威猛，一边向对手那边走去，摆出一副准备战斗的架势，尾巴抬起一点儿，将自己的体味传递给对方。

对面过来的那只狗往往也会采取同样的动作，尽量把腰身伸展开，显出一副高大威猛的样子。不过，这些动作一般都是虚张声势，两只狗多数情况下不会真的打起来。

就这样对峙了一会儿之后，两只狗就会停在原地，一边相互打量对方，一边用鼻子嗅着飘散在空气中的气味，彼此仔细观察。然后，从草丛里跑出来的那只狗，往往会试着左右摇晃几下自己的尾巴，这是一种示好的信号，就像晃动白旗一样，动作很缓慢。

对方见到这种情形往往就会收起战斗的架势，同时也向对方晃动尾巴，发出和解的信号。

如果双方都做出这样的动作，也就意味着视彼此为朋友了。

人类的士兵在战场上作战时，一般都会身穿迷彩服。因为迷彩服模仿了大自然中树丛的颜色，当士兵身着迷彩服躲在树丛里时，衣服上深浅不一错落有致的色彩块儿就会干扰敌人的视线。敌人就看不出树丛里有没有士兵了。此外，每一位士兵胸前都佩戴徽章，上面清清楚楚地记着自己的姓氏、部队或连队的符号，一看徽章，你就会知道这支部队是哪个国家的，什么军种，隶属于哪里。

人类的军队用自己的姓名、番号或徽章作为标志，那么动物用什么来标识自己呢？其实，它们身上的标志是一种人类看不见的无形的东西。为什么要这样说呢？因为人类都是借助于眼睛来观察、区分对手的，而大多数动物靠的却是气味，尤其是狗，它们完全根据自己的鼻子进行判断，根据气味来了解对手。对于狗来说，只有气味才是绝对可信的。

当然啦，气味并不是动物们识别一切的唯一标识，它们身上还有其他特有的符号和标记。譬如，动物的身体形状各异，在大自然中，为了便于隐藏，动物们的体色往往都会与周围的树丛、草丛的颜色近似。

此外，动物们眼睛上的白点、白色的嘴唇、白色的尾巴尖等身体上的特殊标志也能够清楚地将它们自己和别的动物区分开来。

当然，动物们仍然将气味作为区分敌我的重要手段，尤其是狗。在动物世界里，气味一方面用来区分动物的种类，另一方面则用来传递信息。

不过，狗和其他同类释放气味的部位却各不相同。其中，最重要的部位就是尾巴上的尾腺。

在对方尚不了解自己，而自己也拿不定主意是否要与对方开战时，狗和狼都会把自己的尾巴根向上抬起，同时晃动尾巴上这样的"旗帜"。

这时，尾巴上尾腺周围的毛就会张开，气味也就释放出来了。当动物情绪高涨的时候，就会从尾腺中释放出气味来，通过这些气味，对方就知道自己是什么动物了。所以，凡是想清楚地了解对方的狗，都会特别留意从对方尾腺释放出来的气味。

除了尾巴上的腺体外，动物体内还有一条非常重要的腺体，从这个腺体里释放出来的气味会同小便一样排泄出体外。

动物们往往把这两种气味结合使用，让对方明白自己是谁。不仅如此，这两种留下来的气味还会把自己此时此刻的感觉和身体状况，以及在何时、何地、要到哪里去等信息都记录下来。

因此，当狼和狗发现了石头或是树木上留下的记录信息的气味，只要用鼻子嗅一嗅，马上就能知道这是谁留下来的，迅速了解了它的基本状况；并且，它们还能根据气味的强烈程度，判断出那种气味是什么时候留下的。

二

狗和狼一样，经常会选择一些特殊的地方通过释放或排泄的气味留下许多信息，这种传递信息的方式与人类社会完全不同。在信息尚不发达的时代，人们往往会把自己的情况写在笔记本上。

而动物的气味信息在大自然中却随处可见。平原、山谷、树林、岩石，还有那些断壁、残留的木桩上到处都会留下动物的气味。就连腐烂的野牛头骨，有时也会成为某些动物留存气味的地方。

狼不管是在寻找食物，还是正在旅途当中，一旦闻到什么气味，就会停下来闻一闻。这就像一位进行长途旅行的男人，中途都要到驿站里休息一下，看看都有哪些人来过这里，留下了什么记录，然后再把自己的名字和个人情况写下来留给后来人。狗和狼喜欢记录信息这一点与人类非常相似，每到一处，它们都要先嗅嗅那里的气味，然后再把自己的气味留下来。

如果这只狼此时正饿着肚子，来到留下气味的信息地点，它只要闻上一闻，就能从上一只吃饱了肚子的狼留下来的气味信息中判断出该到哪儿去觅食，因为，那只吃饱了的狼留下的气味里面，什么样的信息都包括了。

除了食物信息之外，有时在留下气味信息的地点也会留下敌人的气味。每当嗅到了敌人的气味，刚到此地的这只狼就会呜呜地鸣叫，脊背上的毛也跟着竖起来，它还会用自己的爪子在地面上使劲地挠，表现得非常不安。此外，如果这个地方也留下了母狼的气味，公狼只要一嗅，立刻就会变得无比兴奋，于是就把这里记录的其他动物的信息全都给忘了，包括自己的敌人。

就算是早已被人类驯化了的狗，仍然保持着这种本能。与它们自己的祖先，或者和狼没什么两样，试想一想，你是不是经常看到宠物狗在街上的电线杆子旁边嗅个不停呢？

其实，摇尾巴也好，闻气味也罢，都是动物们的一种习性，而且这些习性都是与生俱来的。

比方说，狗在夜间的时候，都会选择一个能够遮风挡雨的舒适的地方睡觉，找到合适的地方后，它往往都会在原地转上三圈，仔细地检查一番后，才会放松身体，慢慢地躺下来。

狗的这种习性与野生的狼是完全一样的。

狼睡觉的时候，一般都会把跟前的小石块儿、小木棍扒拉到一边去，把它的"床"收拾得平平展展的，这才会舒舒服服地躺下来睡上一觉。

野生的狗睡觉时都会先趴下，然后再用它那毛茸茸的大尾巴盖住自己的鼻子和爪子，这样一来，身上不长毛和那些毛少的部位就能被尾巴盖住了，睡觉也不会觉得冷了。而家养的狗也往往会采取这种方式睡觉。

迄今为止，在狗的习性中，有一点学者们还不能圆满地解释，那就是狗为什么要对着月亮狂吠。

如果你够仔细，你就会发现，狗的确常在月夜里狂吠，而狼也会在月亮下嗥叫，难道它们真的是在对着月亮狂吠吗？我想它们也许不是针对月亮，不过是因为月夜是它们狩猎的大好时机而已。所谓月夜里的狂吠，不过是它们在唱着祖先流传下来的狩猎前的歌曲罢了。

可是，为什么狗听到很远的地方传来的音乐声，就会狂吠呢？其实，狗不是讨厌音乐，它们要真是讨厌音乐的话，完全可以跑到远离音乐的地方躲避起来！狗之所以一听到音乐就狂吠，是因为它想要通过狂吠来全力地参与音乐的演奏，我猜这可能就是狗一听到音乐就显得兴奋的真正原因。

狗还有一种习性至今无法解释，那就是在动物腐烂的尸体上蹭自己的身体。此外，狗还非常喜欢腐烂发臭的鱼味，对于那种臭不可闻的可怕气味，就连那些品种高贵、上等的狗也是趋之若鹜。

其实，这可能是因为狗的嗅觉极其灵敏，我们人类根本就无法忍受的这种恶臭气味，对于狗来说，却是与众不同的芬芳。

再比如，把几只蚯蚓装到一个瓶子里，一个多月后，瓶子里饿死的腐烂的蚯蚓就会释放出一股令人恶心的气味来，而狗和狼立刻就会被这种气味所吸引。

在动物界里，虽然没有像人类社会一样的成文法律，但它们也遵循着一些看不见的规则。

针对这个问题，曾经有一次，我乘坐狗拉雪橇，利用爱斯基摩犬做了一个有趣的实验。

这次实验共有五只爱斯基摩犬参与其中。其中有一只最小的爱斯基摩犬，因为惧怕那几只大狗，所以总是和那些大狗分开，躲着它们。

一天，当这只小狗独自待在帐篷里时，我给了它好多吃的，它饱餐了一顿，还啃了一根大骨头。吃完后，它冒着雨叼起那根骨头，跑到了帐篷对面一百多米远的沼泽地附近。

它在那里挖了一个小坑，把这根骨头丢了进去，又用鼻子把土拱起来，堆在了骨头上面，把骨头埋了起来。之后，它还用爪子在土堆上面踩踏，直到把土踩实了才罢休，最后，它还不忘在上面撒上一泡尿。

通过这种方式，它在埋骨头的地方留下了自己的气味，做了财产归属的记号，表明"这东西是我的"。

没过多久，好斗的狗群首领回来了，它马上就闻到了附近藏有美味，于是耸动着鼻子循着气味跑了出去，一点儿一点儿接近了刚才那只小狗埋骨头的地方。

而那只小狗此刻就隐藏在附近，焦急万分地观察着这只大狗的动向。

狗群的首领很快就来到距离埋骨头之处十米左右的

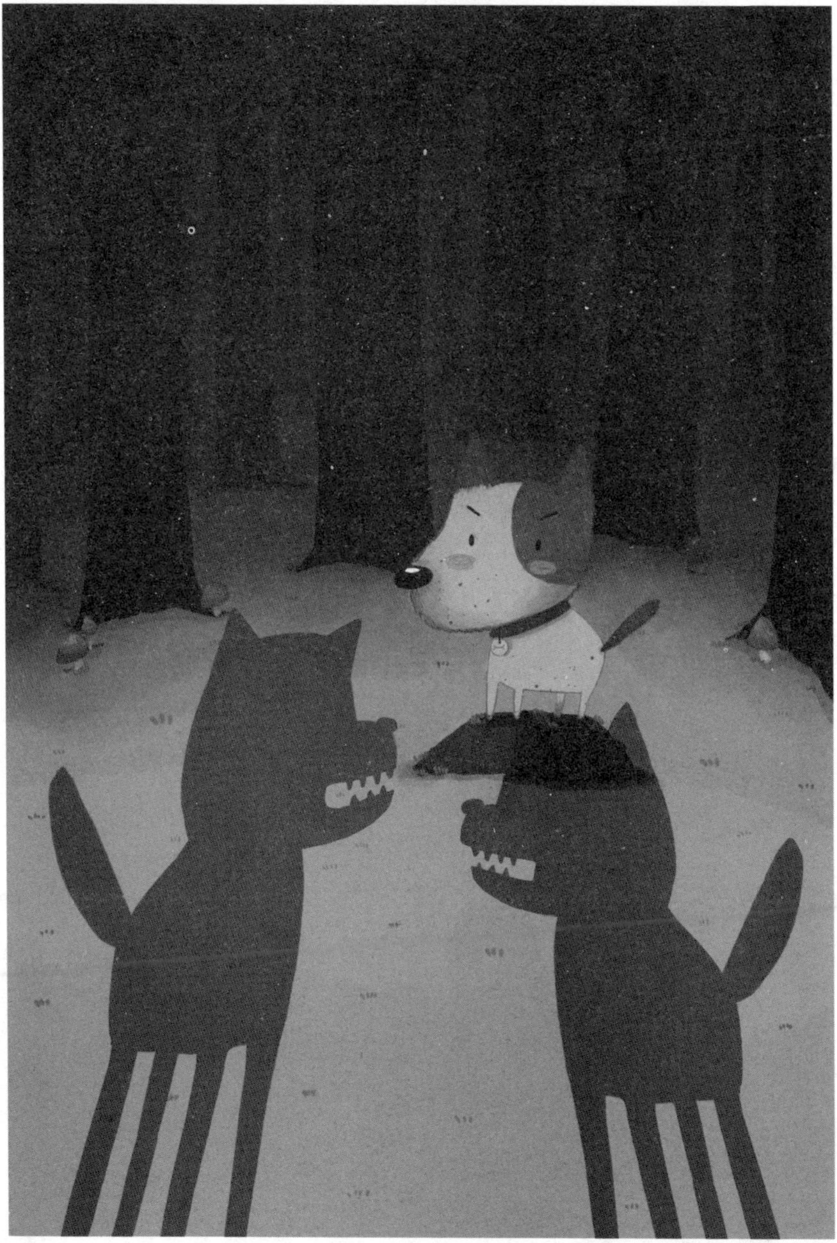

地方，马上就要发现那根骨头了。

这时，小狗待不下去了，慌慌张张地从藏身之处冲了出来。它跑到了自己埋藏骨头的地方，站到那个小土堆上面，对着首领龇牙瞪眼，身上的毛由于愤怒而竖立起来了。

虽然这只小狗向来都非常惧怕首领，可是现在，为了捍卫自己的私有财产，它却勇敢地站了出来，对着首领呜呜直叫，意思是说："这是我埋的骨头，它是属于我的，我都做记号了，不许你偷吃，除非你先杀了我！"

首领高高扬起了头颅，发出一阵让人害怕的叫声，同时，它还用爪子在地上使劲地抓挠着，像是在摩拳擦掌，那叫声似乎在说："哼！谁稀罕呀！你还能找到什么好吃的骨头？"

随后，狗群首领就慢慢地离开了。

这个简单的实验让我明白了，在狗群中，即使是好勇斗狠的大狗，也不会抢占弱小的同类的财产。这就是狗的世界里一条看不见的规则，它与人类社会的法律一样具有约束力。

三

狗世界里的规则和狼世界里的规则差不多。其实,人类驯化的动物,多多少少都保留了一些它们祖先身上的特征。

比如,人类驯养的绵羊,它们的祖先是来自古老的亚细亚土地上的野生绵羊。

这些野生绵羊的皮毛,最外面的毛都很硬,硬毛下面才是暖和、柔软的羊绒。人类的祖先先把这种野生绵羊驯养成家养的绵羊,然后才慢慢地从自家的绵羊身上剪下柔软的羊毛来。所以,从毛发特点来看,现在家养的绵羊和自己的祖先仍然有着很大的相似性。

除此以外,野生绵羊生活在平整的高地。一到交配的季节,公羊为了争夺交配权,都会站在相距十五米左右的位置上相互敌视着,然后向对方冲来,在靠近对方的一瞬间高高地抬起前半身,用尽全力相互撞击头部,长此以往,野生绵羊便具有了那种大大的角和粗壮的脖子。因为野生绵羊生活在山区，经常为了争夺配偶而争斗，争斗时，它们常常用后腿站立，用头上的角互相碰撞，力图把对手推下山去。慢慢地，绵羊的角就变成了弯弯的。就厮打能力非常强这一点而言，我们在家养的绵羊或山羊的身上也常常能够看到。

再比如，人类饲养的牛也遗留着其祖先野生牛身上的很多特征。

一旦遭遇狼的袭击，野生的牛群总会忠诚地守在一起，相互扶持。一旦同伴中有受伤的，其他没有受伤的牛就会一起驱赶那头受伤的牛，将它赶出牛群，丝毫没有一点儿怜惜之心。因为除去受伤的牛，就不会再有拖累，就可以为牛群赢得更多逃脱猛兽袭击的机会。这样做似乎很残酷，但这却是野牛们的一种生存法则。因为受了伤的牛身体已经变得非常虚弱了，如果让它留在牛群中，就会拖整个牛群的后腿，万一所有的敌人都聚集起来围攻它，其他靠近它的没有受伤的牛就会受牵连，生命就会很危险了。将受了伤的牛驱逐出牛群，实际上也是为了整个牛群的安全考虑，对于群居的牛来说，这样做是非常必要的。有时候，我们也可以从家养的牛群当中看到这种遗传特征。

还有,母牛刚生下小牛犊时,一看到狗就会非常害怕。这也是祖先遗传下来的一种习性。很早以前,在牛还是野生动物的时代,小牛犊一旦被狼给盯上了,往往就会连累到整个牛群。

此外,公牛闻到同伴身上的血腥气味就会吓得发抖,这是因为,同伴身上的血腥味唤起了它沉睡的远古时代的残酷记忆。很久以前,它的同伴受到狼的袭击,为了守护牛群它就必须勇敢地战斗,而战斗就会流血。

现在家养的动物和它们的野生祖先多多少少都存在一定的相似性,那么,哪种动物和自己的野生祖先最相似呢?当然是猫了。在人类饲养的种种动物中,只有家猫最能显露出野生时代祖先的本性。

家猫们的脸庞虽然不大,但跟老虎的模样非常相似;身上的毛皮也很类似,一般都是灰底黄斑;尾巴上也往往带有黑色的条纹。

我曾经听我的一个朋友说过,普通的家猫完全野化后样子就跟原始野猫非常相似了。

不过,到了现在,猫的习性多少还是有了一点儿变化，那就是猫的尾巴尖儿总会来回摆动。

猫准备袭击鸟和老鼠的时候，它的尾巴也会不停地摆动。按常理说，这时候应该全身保持静止，避免弄出一点儿动静。

这又是为什么呢？其实，这和狗摇尾巴的作用相同，那就是向同类发出信号。

猫狩猎时，当附近出现了别的猫的时候，先到的这只猫就会躲到草丛里，察觉到是同类时，就会摆动尾巴提醒同类。

而后来的那只猫，看到草丛中有动物时，正打算扑上去，一看到摆动的尾巴，就会马上明白过来："哦，原来是我的朋友啊！"

因此，这个时候猫摇尾巴就表示："别靠近！这里已经有你的同类了！"

这时候，猫摆动尾巴尽管会制造出一些动静来，但是对于即将被捉的鸟和老鼠来说，因为从它们那个方向根本看不到猫的身体，所以也看不到猫在摆动尾巴尖儿。

再比如，现代马是由与狼作战的亚细亚马和与狮子作战的非洲马演化而来的。现在，它们的身上还保留了一些这两种祖先各自的特点。

亚细亚马非常勇敢，敢于同狼作战，绝不逃跑；非洲马正好相反，因为不可能战胜狮子，所以只会选择逃跑。这样一来，集这两种属性于一身的现代家养的马身上就会出现那种复杂反应。

比如，原本可以勇敢作战可是又跑不快的马，会因为害怕而变成奔跑速度特别快的马。

马是一种善于奔跑的动物，它的脚趾经过不断进化，变成了一个大蹄子，如果给它钉上马掌的话，蹄子就会呈现出"U"形，只有这样的蹄子，才能在地面上轻松快速地奔跑。

而猪和牛的蹄子，则是在沼泽地等松软的地面上行走后慢慢形成的，所以它们的蹄子都很宽阔，并且是分叉的。

善于奔跑的马面对沼泽地举步维艰，而牛却非常喜欢沼泽地。如果让它们自己选择行走的路，那么马一定会选择走平坦的路，牛也一定会选择沼泽地行走。

人类饲养的鸟也残留着祖先们留下来的一些野性，比如，所有的鸟都特别爱筑巢，假如把不同的鸟隔离开喂养，你就会发现，它们会在人类不容易察觉的地方筑窝。

家鸽选择在建筑物上筑巢，而不在树上，这是因为鸽子的祖先就是在悬崖和岩石这样坚硬的地方筑巢的。

很多被人类驯养的家畜，它们也许会表现得特别温顺，但它们身上还是残留着野生祖先的些许痕迹。现在，这种动物还有很多。

四

其实，在动物当中，最有趣的当属人类本身了。

人类的变化是最有趣的，看看我们自己的身体就会明白了。那么，我们人类究竟在哪些方面还保留着远古祖先的特征呢？

稍稍留意一下你就会发现，我们人的头上长着柔软的毛发，头皮也是柔软的，可是身上却只有皮而没有毛（汗毛除外）。我们虽然长着四肢，但走路或跑步时却只用两条腿；虽然长了满嘴牙，却没有利于作战的獠牙；

虽然长了指甲,却没有尖利的爪子……那么,人类的祖先,那些"野生人类"究竟是怎样生活的呢?在现代人类身上还残存有哪些野生的习性呢?这些野生的习性又会如何表现出来呢?

我们还要思考一个问题:为什么我们人类跑不过猎豹,却能发明出速度远远超过猎豹的汽车?为什么我们人类不能飞翔,却能发明出像鸟儿一样在天空中自由翱翔的飞机?为什么我们人类不能潜入深海,却能发明出像鱼一样在水中畅游的船舰?为什么我们人类看上去很温和,有时候却能做出极其凶残甚至让人害怕的事情来?……让我们穿越时空隧道,回到那遥远的远古时代一探究竟吧。

在一望无际的大海边,有一片茂密葱翠的森林。穿过这片森林,对面就是一个有着陡峭的悬崖和嶙峋岩石的高高山丘,山丘的高处有一个山洞。

正值冬季,寒冷的海风不停地吹着,在海边的背阴处,还漂浮着一些大冰块儿。当初升的太阳把山丘照亮之时,从山洞里走出来一个赤身裸体的女人,她裸露的胸前抱着一个婴儿,接着,山洞里又走出来两个五岁到十岁左右的孩子,他们都是这个赤身裸体的母亲的孩子。

这时,母亲回头问她的两个孩子:"孩子们,你们想吃些什么?"

两个孩子早就饿了,一个孩子从旁边的岩石上取下来一只用马皮做成的篮子,抓起里面的一块东西就往嘴里塞,边走边嚼。

母亲见了,马上从那个孩子的手里把篮子夺下来,并且打了那个孩子两个耳光。

"哇——哇——"

那个孩子哭了起来,母亲根本没有理会,只是朝篮子里看。

那个篮子,是孩子们的父亲杀死了一匹马后用马皮做成的。可是现在,孩子的父亲不知到哪里去了,好几个月都没回来了,也许是死在什么地方了吧。在洞穴的每个角落里,现在已经找不到一点儿能吃的东西了。要是篮子里的唯一剩下的这么一点儿东西都被孩子们吃掉的话,全家人就真的要断炊了。

母亲和孩子们饿得无法再忍受下去了。山丘周围虽然有许多动物在活动,但那些动物都体形庞大,非常强壮,跑得又非常快，他们根本捉不住它们。现在正是冬天最寒冷的时候，既找不到野生的水果可以充饥，也看不到一颗鸟蛋，甚至看不到什么新生的东西。

不过，母亲凭经验就知道从哪里可以找到食物——海边一定能找到些可以吃的东西，因为在此之前，母亲和她的同伴们多次去过海边，并且在那里找到过食物。

于是，母亲提起篮子，告诉孩子们："孩子们，跟着我。按我的走法走，跟在后面，千万不要落下！"

母子三人从洞穴外面的岩石堆上走下来，在陡峭悬崖的斜坡上有一段自然形成的小小的台阶，尽管非常难走，他们还是沿着这些小台阶向下走。

从岩石上走下来，他们就看到远处有许多大型动物的身影在晃动，仔细一看，是马群，并不可怕。不过，他们也清楚地看到，在远处的森林边，隐约晃动的那个灰影是只狼，狼是一种令人恐惧的动物。此时，母亲手里正拿着一根粗粗的大木棒，那个十岁的男孩手里也拿了一根粗木棒，那个五岁的孩子手里拿着的则是石头。

母亲马上就在原地站住了，她警惕地观察了一下四周的动静,尽管那只狼的叫声还在远处,也必须小心才好。

"一定要跟着我,踩着我的脚印走!"

母亲说了一句与刚才类似的话。

母亲走着,孩子们跟在她身后。

森林里,到处都是横七竖八倒在地上的大树,母亲带着孩子们就在这些躺倒的树干上小心翼翼地行走着。

在那些树干上行走可不容易,因为很难保持身体的平衡。

但是,在这些树上行走却很安全。因为森林里有其他人挖掘的捕捉猎物的陷阱,在这些树上走,是为了避免触动陷阱的机关。

孩子们走得很费劲,刚想要走其他的路,母亲马上就用非常严厉的口吻呵斥他们:"别乱动,跟着妈妈走!"

母亲对孩子们如此严厉,是因为在森林里常常容易迷路。一旦迷路了,很容易遭遇袭击。

母子三人好不容易穿过森林,来到了海边。海水不停地拍打着礁石。

"孩子们,继续跟着妈妈的脚印走!"母亲又对孩子们说。这是因为在海边也可能遇到意外——譬如，以前就有人因在岩石上滑倒而摔断腿。在那个时代，摔断腿基本上等同死亡，因为那时根本没有治疗骨伤的医生和药物。

礁石背阴面的低洼处聚集着一些海水，有些地方的水还很深，海水拍打着礁石，冰块儿被海水拍打得咯吱咯吱作响。走到这个地方，母亲会再次叮嘱孩子们注意走路，把脚踩到冰块儿上，不要用太大的劲儿，以免把冰块儿踩碎了滑到海水里去。

礁石上面粘着一些海洋贝类，母亲领着孩子来到了一块黑色礁石上，他们把粘在礁石上的海贝取下来，送到嘴里吃。

周围的海水里还有很多鱼，只要用木棒对着水面上拍打一下，就能拍死很多鱼。母亲和孩子们在这里填饱了肚子，之后将吃不完的鱼装到篮子里，装得满满的。在潮汐淹没来时的路以前，他们已经开始往回走了。

母子踩在滑溜溜的不停摇动的浮冰上往回走，冰块儿轻飘飘的。他们非常熟练地离开海边，然后又回到茂密的森林里。

这时，太阳已经落山了，森林里狼的嗥叫声不停地在周围回荡着。听到狼的叫声，母亲一回头，才发现那个大一些的孩子已经不见了踪影。刚才那个大孩子说要抄近道，然后就和母亲分开了。之后就再也没有见到那个孩子的身影。

"跟着妈妈的脚印走！"

母亲会继续对那个小一些的孩子说同样的话，他们穿过森林，回到自己的洞穴所在的山丘。母亲带着孩子爬上悬崖，回到了洞穴。他们先睡上一觉，等睡醒了睁开眼睛再吃东西。就这样，他们吃完了再睡，睡醒了再吃，一直到食物吃没了，才会离开洞穴，走下山丘，寻找吃的东西。

他们就这样日复一日地做着相同的事情。

时间长了，孩子们渐渐明白了一些生存的法则：

"一定要紧跟在向导的身后！"

"一定要走在躺倒的树干上！"

"要是冰块儿断开了，就不要把脚放上去！"

"太阳落山以后，一定要老老实实地待在家里不要出去！"

现在，你只要仔细观察一下放学回家的孩子们，就会发现：孩子们只要看见路旁有粗粗的水管子，就会跑到上面，摇摇晃晃地走。不仅是粗的水管子，水里的石头、矮矮的围墙……只要被他们看见了，他们就会跳上去走一走。

没有人提醒，孩子们都知道，要是铺路石有裂缝的话，一定要轻落足，这也类似远古时期的人类在岩石或冰面上行走时那种小心翼翼的状态。

为了防止走失，所有的人都要紧跟在领路人的身后排成一列。现在的小孩子们也懂得这样做，这并不是成年人传授给他们的，他们似乎天生就懂得这些。

此外，人类对黑暗的恐惧可能也源于对远古生活的记忆。

在黑暗的夜色里，人类的眼睛什么也看不清楚；而在夜色之中，却隐藏着无数令人恐惧的猛兽。远古时期，经常发生野兽吃人这样骇人听闻的事件。所以，在远古那个令人恐惧的时代，人类就渐渐地懂得了"天黑了就不要到外面去"的道理。

面对恐惧，我们会不由自主地颤抖，这也是我们的祖先传给我们的。因为在远古时代，我们的祖先都知道，在外面黑暗的世界里，总会有许多他们无法预料的可怕的东西出现。对于当时的人类来说，那时候的野兽还是很强大的，不管到哪里躲避，或是爬到树上，或是钻进洞穴，人们都会因为惧怕而颤抖。

直到后来，人类发现了一种了不起的武器——火，情况才有所改观。不过，最初人类并不能控制火。火都是在大自然中产生的，比如，天空中的闪电劈下来使森林燃烧；暴风刮起的时候，树木间相互摩擦，山野间自然就起了火。

野火会点燃森林里的树木，将野兽们赶出森林；无情的野火也会把人类搭建在森林中的住处烧掉。

野火是温暖的，尤其是在天气寒冷的时候，人类会围着它取暖。

可是，火对于早期人类来说却是个谜。

为什么它有时候会令人恐惧，有时候又让人感到温暖呢？为什么它有时候会听从人类的支配，而有时候却令人类无法驾驭呢？人类对火充满了感激之情，因为自从有了它，野兽就不敢靠近了。并且，在寒冷的时候，人类可以靠火来取暖。

怎样做才能很好地控制野火,既不让它肆虐,又能把它留在身边呢?那个时候,人们会选出自己群体中最聪明的老人来看护火。

在看护火的过程中,老人琢磨出了使用和控制火的方法,并将这些方法传授给众人,于是,他相应地得到了众人的尊重。毕竟,能驾驭火的人自然会受到众人的尊重。而这种对人的尊重,大概就是神官、神父或牧师产生的开端吧!自从得到了火的恩惠,人类夜里就不必爬到树上躲避野兽了。可即便如此,人类还是不能在夜里出去狩猎,因为洞穴的外面依然是黑暗的,野兽们还在黑暗的夜色中四处徘徊。

到了夜晚,人类可以燃起火来,把周围照亮。这时,人们就会朝火堆围拢过来,在一起交谈,玩游戏,这就是人类社交活动的开始。

这些不灭的火种都是人们从自然界的野火中采集并保存下来的,它需要人们小心看护,否则很容易就会熄灭,一旦熄灭了,再找到新的火种就没那么容易了。

太阳明亮而又温暖,渐渐地,人类又将注意力投向了天空中的太阳。

太阳和火一样，都充满了神秘的色彩。人们发现，它们背后孕育着更多的秘密，因此渐渐地相信，这个世界上存在着某些具有强大力量的神灵。于是，火的崇拜、太阳的崇拜就慢慢形成了。

放眼看去，今天各种各样的祭坛上都供奉着火，这是从远古时代的野火崇拜演化而来的。

现在的人们喜欢篝火的原因，大概是记忆中还残留着远古时代人类夜间聚集在火堆旁那种愉快的心情吧。

人类惧怕黑暗，喜欢光明，喜欢白昼，喜欢火。不过，惧怕黑暗并不意味着胆小和懦弱，而是因为，黑暗能够唤起人们对远古时代祖先那种对野兽的恐惧记忆。

想去墨西哥湾的留鸟

很久很久以前,北方没有冬季,总是温暖如春。

留鸟们每天都在森林和草木间自由自在地生活着。

一天,天神提醒留鸟们:"你们必须向南方迁徙!因为此处严寒将至,会有霜和雪落下,在这种寒冷的日子里你们将找不到食物。"

留鸟们听了这话,不由得大吃一惊,于是都准备到南方去。可是到了后来,留鸟们觉得到南方去太麻烦了,所以大家就都不想动身了。它们还是在小树枝上不停地荡着秋千,没完没了地玩耍着。它们说:"现在的生活多好啊,去南方干吗呢?什么霜啊,雪啊,我们从来都没有见过,这个世界上怎么会有严寒呢?"

不过,眼看着其他鸟都陆续地去了南方,留鸟们多少有些动心了。可是,当这些留鸟问过那些南飞的鸟的计划后,就再也不把去南方的事儿放在心上了。因为众多鸟都在说着担忧、抱怨的话:要避开老鹰的袭击,一定要选择晚上飞行;为了避免天黑迷路,大家要一起飞,等等。

留鸟们于是打定主意不去南方了,也就不会把其他鸟的话当回事了。

这期间,其他的鸟都陆陆续续飞向了南方。

"哎呀呀,你们这么着急干吗呢?"

留鸟们没完没了地嘲笑着那些飞往南方的鸟。

没过多久,天神的话果然应验了。霜和雪接踵而至,严寒终于降临了。

"糟了!"

天气突然变冷,雪花四处飞舞,留鸟们惊慌失措地四处乱飞。

这时候，它们才想起其他鸟曾说过要飞往墨西哥湾，可到了现在，它们想去哪儿都来不及了。

于是，它们就把头钻进松鼠洞里或者树干开裂形成的洞里。

"怎样才能到墨西哥湾去呢？"

它们四处打听，可是谁也不知道去墨西哥湾的路怎么走。

它们一看见驯鹿，就向驯鹿打听飞往墨西哥湾的路线，可驯鹿却回答："不知道！"

它们非常失望。

"谁让你们不听天神的话呢？看来你们只能在这里过冬了！"驯鹿又说。

留鸟们终于明白了，现在做什么都晚了，于是，它们又像往日一样欢闹起来。

看到纷纷扬扬的雪花飘落下来，它们就会四处宣扬："春天就要来了！"

每年严寒来临之时，留鸟们还是一如既往、惊慌失措地寻找栖身的洞穴，偶尔还会钻进人们家里的地下室或者是烟囱里，同时发出很大的吵嚷声。

不过，这样东躲西藏的日子不超过三天，留鸟们就会忘掉寒冷，欢快地歌唱起来。

所以，当冷风吹起、严寒将至之时，如果你们看到留鸟们往奇怪的地方钻，应该知道，那是它们正在寻找墨西哥湾呢！